JN197570

松田青子

Aoko Matsuda

Let us run free as wild horses

じゃじゃ馬にさせといて

新潮社

じゃじゃ馬にさせといて

目次

じゃじゃ馬にさせといて

Let us run free as wild horses

はじめに

中学生の頃、『フライド・グリーン・トマト』を母と一緒に映画館に見に行った。メアリー・スチュアート・マスターソンが演じた、保守的な南部の町でも自分を貫き通す主人公イジーは勇敢で優しくて、蜜蜂にさえ敬意を表される。女性たちの友情を描いたこの映画は、原作の登場人物がレズビアンであることを消してしまったと批判もあったそうだが、ネットもまだ存在しない世界を生きていた10代の私は、そんなことは露知らず、ただ夢中だった。

同じ頃、『プリティ・リーグ』という、第二次世界大戦中に実在した全米女子プロ野球リーグを題材にした作品があり、繰り返し見ていた。それから数十年後、主演のジーナ・デイヴィスが「いまだにこの映画を見てスポーツをはじめたって女の子たちに言われる。『テルマ&ルイーズ』とこの映画には大きな反響があった」と話すインタビューをネットで見た。彼女は今、エンターテインメントの世界におけるジェンダー平等を目指す非営利団体を組織しているらしい。また、監督のペニー・マーシャルが２０１８年の12月に亡くなったのだが、『ヘルプ～心がつなぐストーリー～』などに出演しているヴィオラ・デイヴィスは、「あなたが私たち女の子のために貢献してくれたことに感謝します」とツイッターに追悼の言葉を残した。

アメリカに留学していた高校時代は映画館にばかり行っていた。それぞれ違う一生を歩んできた女性たちが集い、それぞれの人生のかけらを縫い込んで仕上げた一枚のキルトを若い世代に託す『キルトに綴る愛』も当時見たのだが、本当に素敵な映画だった。同じ学校の上級生の女の子が一人で見に来ていて、上映後に一緒にいた叔母と私に「すごくいい映画だった」と言って、去っていったのを覚えている。

当時は目の前に現れた作品をいろいろ見ているだけで、これがフェミニズムだなんてわかっていなかったけれど、人生のどの段階ではじめてフェミニズムに出会ったのか考えてみると、少女漫画や児童書の数々とともに、この三本の映画を思い出す。

これらの作品がつくられたのは一つ一つ奇跡的なことだし、普段から信念や反骨精神を持った女性たちがかかわっていたことも今ならネットでわりと簡単に調べられる。女性は常にその時代の「新しい女」だったということだ。

そして現代は、女性によってつくられた作品が格段に増え、日々、女性たちが様々なメディアで発信している。女性作家や女性監督など、いちいち「女性」をつけるのは、性差別的だという流れもわかる。私も、女性誌の女性作家の特集に呼んでもらった際に、できあがった校正刷りを確認したら「女流作家特集」と書かれていて、女流作家！　21世紀に！　とのけぞったことがある。今なら、自分の思うところを伝えるけれど、その時はまだ、自分がその部分に口を出していいのかわからなくて、そのまま掲載された。

書いた人のジェンダーバイアスや偏見を感じる場合はもちろん嫌だけど、「女性」という言葉が目印となって、自分が必要とする作品に出会えたケースもたくさんある。だから、このエッセイ集でもそうだけど、私も「女性」とわざわざ書くことが少なくない。私が「女性」と書く時は、ここに女性がつくった素晴らしい作品があって、きっとあなたも必要としていると思います！と熱い気持ちでいる私を思い浮かべてください。言うまでもないことですが、この「あなた」は女性だけに限りません。

フィクションも現実の世界もつながっていることを示すのはとても大切なことだ。どちらも互いに作用し合って、この世界は変化したり、変化しなかったりしてきた。エズラ・ミラーやティモシー・シャラメ、２０１９年のゴールデン・グローブ賞でのジェンダーレスな装いが話題になったコーディ・ファーンなど、「男らしさ」の呪いを解体してくれる新しい世代の男性たちからも目が離せない。10代の頃の私のように、深く考えないまま見て聞いて生活していても、心に浸透していることだってある。現代に生きる我々の言葉と行動が、これからの未来で効いてくるのだ。

そしてこのエッセイ集は、未来に、そして現代に効いてくることを信じている人たちによってつくられた作品を摂取するのをただただ渇望していた私の、数年分の記録のようなものです。タイトルは、『らんま½』の大好きな主題歌、「じゃじゃ馬にさせないで」をアレンジしました。

それは誰の「幸福」なのか①

中学生の頃、テレビの洋画チャンネルで、『ジャック・ドゥミの少年期』という映画を偶然見た。人生の最期を迎えた男性の静かな佇まいと視線、彼の少年時代のみずみずしい思い出が、まるでコラージュのようにつなぎ合わされた作品で、なんだかとても心に残った。ジャック・ドゥミが映画監督であり、この作品を監督したのが、彼の妻のアニエス・ヴァルダであることは、当時の私は知らないままだった。

20代の頃、『幸福』という映画に出会った。見終わった後、あまりに衝撃を受けたので、誰なの、この監督は？　と調べたところ、監督作として『ジャック・ドゥミの少年期』の名前が書かれていて、二つの点がつながったその瞬間、アニエス・ヴァルダは私の中で特別な存在になった。ちなみに、ミランダ・ジュライやレナ・ダナムも彼女の大ファンで、二人ともヴァルダに会った時に大喜びでSNSに写真をアップしていた。

ヌーヴェル・ヴァーグ唯一の女性監督であるヴァルダが1965年につくった『幸福』は、フェミニズム映画の先駆けといわれている。映画は幸せな家族の夏のピクニックの場面からはじまる。仕立て屋をしている妻は黄色い花柄のワンピースを着て、野原で花をつむ。家に帰ってくると、水色の壁を前に、花が盛大に活けられた花瓶が映し出され、その花瓶は、まるで幸せな日々の象徴であるかのように、それから何度も登場する。愛し合う夫婦は、満ち足りた気分で眠りにつく。

その後、大工をしている夫は、新たな女性に出会い、不倫をはじめる。二つも愛が見つかって「僕は本当に幸せな男だ」と夫は言い、どちらの女性も愛しているし、どちらの女性といる時も幸せだと繰り返す。「二人とも愛せるの?」という問いに、「深く考えたことないな」と答える彼は、本当に何も考えていなさそう。恐ろしいのは、この映画には怒りや悲しみが存在していないところだ。日常の描写は美しいままで、女性たちは彼の不貞を知っているのに彼を責めず、微笑んだまま、受け入れる。フランスパンを持って道を歩いている女性は、通りがかりの彼にいきなりパンをちぎられても怒り出さない(このシーン、地味にすごい)。すべてが彼に都合のよい世界。最後には、鉈《なた》でぶった切られるような鋭いラストが待っていて、幸せとは何か、それは誰の幸福なのか、と私たちは否応なしに考えさせられる。彼女の他の監督作品でもそうだが、ヴァルダは物語を伝えるというよりは、ある事実を提示するために作品をつくっているように感じられる(『冬の旅』の容赦のなさよ)。

2012年に公開されたサラ・ポーリー監督の『テイク・ディス・ワルツ』を見た時、この人は『幸福』をやろうとしたんだなと思った。この映画では、まるで『幸福』を逆にしたように、夫と新たな男性の間で揺れ動く女性の姿が描かれる。大きな違いは、『幸福』の彼は二人の女性の間で幸せだ幸せだ、と罪悪感のかけらもなく心底幸せそうにしているのに、『テイク・ディス・ワルツ』の彼女は二人の男性の間で、ずっとどこか上の空で、不安そうに見えることだ。もちろんこれは男女の典型ではなく、二つの映画の中で描かれたある男女の姿でしかないのだけど、それでも、うーむ、この男女差よ、としみじみしてしまう。

彼女の夢は叶う見込みがなく、アルコール依存症の夫の姉は「人生っていうのはどこか物足りなくて当然。抵抗するなんてバカみたい」と彼女に忠告する。抵抗したところで、どれだけの差があるのか。現代は、絶対的な、おとぎ話のような幸せなんてこの世界にはないことが、もう前提になっている。そんな苦い世界に生きていることの戸惑いと居心地の悪さを、もわあと全身から漂わせたミシェル・ウィリアムズの表情には、『幸福』のような鋭い批評性が宿っている。

この二作は至福のワンピース映画であるところも共通していて、夏になると、色とりどりのワンピースに身を包んだ女性たちの姿を思い出して、また映画を見たくなる。

「生理くらいで身構えすぎ」

低用量ピルを使いはじめて思ったのだが、ピルってかわいい。私が使っているタイプはシート状で、28日分が横四列に並んでいて、それを毎日一錠ずつ飲んでいくのだけど、日にちによって変わる錠剤の色がカラフルで、物として、見た目がすごく好きだ。

ところで、『20センチュリー・ウーマン』の公開に合わせて、日本のあるファッションブランドからコラボアイテムが発売された。映画に登場するグレタ・ガーウィグ演じるカメラマン、アビーの作品を使用したTシャツにトートバッグ。三種類あるTシャツの柄は、リップスティックにブラジャー、そしてなんとピルケースで、ピル好きの私は早速買った。ただ、ネットの商品紹介には、なぜか「コンパクト」と書かれていた。淡い黄色をした、ぱかっと開けるタイプの丸いケースは確かに形状としてはコンパクトに似ているが、中には錠剤が並んでいて、いくらなんでも間違えようがない。どうしてこんなことになったのか、ぐるぐると考えてしまった。

たとえば、商品説明を書いたのが男性で、ピルというものの存在を知らなかった、という悲しい事態はあり得る。でも、そういう切ないエラーが発生したとしても、女性スタッフまで全員知らないというのはさすがにあり得ない。これはおかしい、と指摘しなかったのだろうか。もちろん私の想像にすぎないのだけれど、それが何であるかは知っていたが、それ自体を隠すために、わざと曖昧な表現にしたのなら嫌だなあと、悲しくなった。なぜなら、こういうことは容易に起こるからだ。生理用ナプキンやタンポンなどもそうだけど、女性の体にまつわることは隠されやすい。リップ、コンパクト、ランジェリー、という言葉の並びを見て、人々が想像するのは、化粧道具としてのコンパクトだろう。真実は藪の中だけど、せっかくピル柄のTシャツをつくってくれたのに、コンパクトとして紹介されていることを残念に思った。

映画では、1979年のサンタバーバラを舞台に、母やまわりにいる女性たちの影響を受けながら成長していく、15歳のジェイミーの姿が描かれる。ちなみに、79年は私の生まれた年だ。『GINZA』掲載の監督インタビューによると、「ティーンエイジャーも親の許可なく避妊具や妊娠検査薬が買えるようになった。つまり、『いま』につながる現代社会のスタート地点、それが79年という年だったと思うんです」とのこと。妊娠検査薬を使う場面もあるし、アビーは自分の持ち物シリーズとして、靴やブラジャー、スーザン・ソンタグの本とともにあのピルケースの写真を撮り、「避妊薬（birth control）」の写真だと説明する。

登場する彼女たち、そして彼らは、フェミニズムの本を読み、お互い関わり合い、話し合い、どんな人間になりたいのかと自問しながら、自分自身をつくり上げていく。お互いを理解しようとする努力はこんなにも素敵なことなんだと感激するし、生きるということは個人的な冒険の連なりなのだと思わされる。たとえ永遠に一緒にいることができなくても、お互いに残した影響は永遠だ。

いま、この世界には、アネット・ベニングとグレタ・ガーウィグにしかできないことがあると確信するほど、二人の存在が光り輝いていた。ガーウィグの肩幅のでかさ、そして手足の長さの良さ。ほかの出演作でもちょくちょく披露している彼女の独特のダンスを見ることができるのなら何だってしたい、という気持ちになる。生理であることを隠すように促された場面で、「生理くらいで身構えすぎ」と、その場にいる人たちに「生理」という言葉を言わせようとするガーウィグ、最高。生真面目さの中にユーモアを混ぜることができる彼女の「感じ」は、どんな時も、ほかの映画でも、奇跡的だ。

映画を見た後、冒頭のTシャツの件について、こう言ってやりたくなった。

「ピルくらいで身構えすぎ」

「え、バター温めてくれたの？」

ジェニー・スレイトのインスタグラムに、ハート形の手鏡を手にしている彼女の写真がある。写真の下には、「5、6歳の頃にもらったの。すっごく大人になった気分がした。それからずっとこの鏡で自分の顔を見てきたし、ヴァギナもチェックしてた。顔を見るのと同じくらい大切なことだし、自分は一体全体何なのかってちゃんと考えることもそう」というキャプション。この投稿一つでもわかるように、ジェニーは、フェミニストであることは当たり前だろ、というスタンスで活動している30代の女優であり、コメディアンだ。あと、「10代の頃はうまく10代の女の子として楽しめなかった。むしろ今のほうが思春期の自分を楽しめている」とトークショーで言っていたことがあるくらい、思春期の心を失っていない言動もチャーミングで好きだ。

ジェニーの主演映画に、『Obvious Child』（日本未公開）という作品がある。この映画はロマンティックコメディなのだけど、テーマは切実だ。なぜなら、これは「中絶」映画であり、しかもまったく新しい「中絶」映画なのだ。この映画を見たら、気持ちが楽になる女性がたくさんいるはずだ。

ジェニーが演じる、普段は書店で働く20代後半のスタンダップコメディアンであるドナは、出会ったばかりのマックスとその場限りのつもりで関係を持ち、妊娠してしまう。子どもをどうするのか、彼に妊娠を伝えるべきか、ドナは悩むのだが、この映画は彼女を追いつめない。監督のギリアン・ロベスピエールは、インタビューでこう語っている。「『無ケーカクの命中男／ノックトアップ』も『JUNO／ジュノ』（どちらも予定外の妊娠をする話）も好きだけど、自分にはしっくりこなかった。『中絶』という選択肢は、実社会でもそうだけど、映画の中だと特に描かれない。ほとんどの場合、女性に選択させようとはしないし、『中絶』という言葉さえ彼女に言わせない」

だからこの映画をつくらないといけないと思ったそうだ。というわけで、この映画では、女性の当たり前の権利として中絶を描いている。『GIRLS／ガールズ』でアダムの姉役を怪演したギャビー・ホフマンは、この映画ではドナの親友の役をしているのだが（舞台もブルックリンだし、マックス役のジェイク・レイシーはシーズン4から『GIRLS』に出演しているし、共通点が多い）、彼に妊娠を伝えるべきか話している時に、「なんで相手に知らせる必要があるわけ？　実際に手術するのはあんたなのに」と言い、自分のことだけ考えろとアドバイスする。

当事者の気持ちと状況を配慮せず、中絶は悪いことだ、そうすることを選んだ女性は恐れるべきだ、傷つくべきだ、と決めつける社会の目をはねのけ、彼女たちを温かく包み込んで守るような作品で、本当に素晴らしかった。親としての責任を持ち出す人は皆無だし、ドナを非難する人も出てこない。社会では女性の言動は何をしてもいちいち非難を浴びがちだが、この映画は一人の女性が自分の思うままに選択し、尊重されることを、ロマンティックなこととして描いてみせた。そしてそれは本当にロマンティックなことなのだ。しかも、コメディアンであるドナは、手術の前日にステージに立ち、中絶をネタにする。イタさではなく、彼女の人柄の魅力に、話の面白さに観客は笑うのだ。

そのうえ、ラブストーリーとしても超絶キュートだ。何かとぐだぐだなドナとは正反対にマックスはめちゃくちゃいい人なのだが、よくこんなこと思いついたな！　と感激した場面がある。レストランでパンを食べようとしている時に、マックスが小さなパック入りのバターを手でぎゅっと温めてドナに渡すのだ。ドナが「え、バター温めてくれたの？」とちょっと驚いても、「え、うん」という反応。マックスがいい人であることはもちろん素敵な人であることを、映画を見ている側に伝えるエピソードとしてエベレスト級だと思った。バター一つでこんなロマンティックなシーンができるんだ、と新鮮な発見があった。面白くて優しい、自分のスピードで進んでいくことを肯定してくれるこの映画が大好きだ。

キラキラしない日常を生きる

2015年の夏、『GIRLS／ガールズ』のシーズン5の撮影で来日していたレナ・ダナムにインタビューをする機会があった。プロデューサーのジェニー・コナーと一緒ににこにこと質問に答えてくれて、二人とものすごく気さくだった。印象深かったのは、『サタデー・ナイト・ライブ』のエイディー・ブライアントがシーズン4から出ていることに触れ、最近大活躍しているアメリカの女性コメディアンたちについて聞いてみた時の二人の答えだ。ティナ・フェイ、エイミー・ポーラー、ジェニー・スレイト、エイミー・シューマー、マーヤ・ルドルフという私の羅列した名前を聞いたレナは、「みんな友だちだよ！」とにっこりし、「女性も面白いんだ、女性は面白い女性が見たいんだってことを世の中がわかりはじめてきた」と言った。その後、レナとジェニーは声を揃えて、「絶対に見たほうがいい、めちゃくちゃ面白いから」と、あるドラマを教えてくれた。それがコメディ・セントラルで放送されている『Broad City』だった。

なんかその名前、聞き覚えがあるぞと、後で過去のメモを漁ってみたら、ダイイングメッセージのように『Broad City』とひと言書かれたボロボロのメモを発見。その年の春、アメリカに行った時に知り合った人が、絶対好きだよと薦めてくれたドラマであることが判明した。

そういうわけで、早速海外版のＤＶＤを注文し、見てみたのだが、私、今世紀最大の癒やしを得ました。なんですか、この、最高のドラマは。ニューヨークに住む20代の女性二人の友情がテーマなのだが、もうほんとぐだぐだで素晴らしい。恋も仕事もがんばらず、『GIRLS』の登場人物たちみたいな自己顕示欲もなく、さらにもっとお金がない。アパートの鍵が見つからず、さまようちにホームレスみたいにボロボロになり、サンドイッチ屋が外のゴミ箱に破棄したベーグルを食べるわ、飲みすぎて吐いてばっかだわ、それぞれのパソコンでネットを長時間見ているうちに、部屋に一緒にいることを忘れて思わずスカイプで話そうとするわ、とにかくむちゃくちゃで、めちゃくちゃ楽しい。

このドラマは、同じ頃にアップライト・シチズンズ・ブリゲイド・シアターの授業を受けていた、ユダヤ系のアビ・ジェイコブソンとイラナ・グレイザーが脚本と主演の両方をこなしている。役名も本名と一緒で、アビとイラナ。そもそもは、自分たちが本当に面白いと思うことをやろうと、同じタイトルのミニドラマをネットで公開していたのだが、このネット版が大評判になり、「テレビに興味ない？」とエイミー・ポーラーが一本釣り。だから、テレビ版の『Broad City』のプロデューサーにはエイミー・ポーラーの名前があるし、シーズン１の最終回は彼女が監督している。この最終回が大傑作で、大笑いしながら、大泣きするという大変な状態に陥った。

ドラマの中で、基本醒めた目をしたアビとイラナはまったくキラキラしていない。買い物に行って、試着室からいろんなドレスを着て出てきて、わーい、みたいな、おなじみの変身シーンは一瞬で終了。アビはタイトドレスを買う際に「返品期間は？」と質問し、最初から返す気満々。しかし、返品できなかったのか、結局気に入ったのか、その後もおしゃれする場面では、彼女はよくそのドレスを着ている。イラナも、赤い染みをつけてしまった白いジャケットを律儀に着続けている。

ベッドシーンでもない場面で脱ぐのもアホらしくて最高。アパートに寄生状態の、ルームメイトのだらしない彼氏が出かけた後、アビはレディー・ガガの「エッジ・オブ・グローリー」に合わせて、素っ裸で喜びのダンスを踊る。アートのヌードモデルをしたイラナはふざけたポーズを取りまくる。二人ともナチュラルに態度が悪く、男たちがバスケをしているのを凝視しながら、彼らの男性器のサイズを数値化して言い合ったり、知らない男に「笑ったほうがかわいいのに」と道で声をかけられたら、両手の中指を立て、その指で口角を押し上げ、笑顔をつくってみせる。今後誰かに「笑顔、笑顔」とうざいことを言われたら、二人の真似をしたい。

全体的に肩の力が抜けていて、別になんの期待も希望もない、みたいなスタンスのドラマなのだが、だからこそ、突き抜けた時の爆発力がすごい。特に、破天荒なイラナに比べて一見地味に思えるアビがそうなった時の面白さは格別である。まったく輝きのないニューヨークの街に驚くが、あの街のワンダーに接続する瞬間が何度もあり、こういうダメダメなドラマだからこそ見えてくる街の魅力に気づかされる。不思議な展開が絶妙に織り交ぜられることで、ニューヨークという街のファンタジーにもなっている。

時と場合によって「姫」と「王子」の立場をくるくると交換するアビとイラナの関係は流動的

で、最強のバディだ。ほかのキャラクターも全員おかしくて大好き。このドラマのおかげで、生きる希望が湧きました。

こ、これがガールパワーってやつか！

活動を休止中のワン・ダイレクションだが、彼らのファンは心臓が強くないとやっていられなかっただろう。メンバーの交際相手はころころ変わるわ、ツアー先で見知らぬ女たちと浮かれ騒ぐわ、その中の一人との間に子どもができてパパ宣言するわ（でも彼女は友人だと堂々と発言）、心の落ち着く暇がなかったはずだ。あと婚約中の恋人との時間を大切にしたいと脱退しながら、その彼女をメールで速攻振る人とか、もう何が何やら要素が多かった。しかし、婚約までした女性をメール一つで振ったゼインと振られたペリーが幸せそうだった頃はまったく興味がなかったのに、破局後の一連の流れでリトル・ミックスのことが好きになる私のような人間もいるので、ゴシップというのはやはり人気のスパイスとしてある程度は大切なものである。

この時のリトル・ミックスは、こ、これが連帯ってやつかと胸打たれるほど、一致団結していた。そのタイミングで破局したら、新曲のプロモーション中のペリーがメディアにさらされ、質問攻めに遭うことを確実にわかっていながら、少しも考慮した様子がなかったゼインは普通に最低に見えた。しかも、彼女たちの新曲「ブラック・マジック」が、自分に夢中になってくれない男の子に魔法をかけて振り向かせよう、という内容で、歌的にもバッドタイミング。実際「彼に今足りていないのはあなただって気づかせてやらないと」みたいな箇所を歌っている最中に、ペリーが泣き出してしまったことも。

それでも、ゼインふざけんな、という態度をグループ全員が隠しもせず、一丸となって最後までやりきった姿は凜々しく、この件で株を上げまくった。ワン・ダイレクションの妹分であるリトル・ミックスのツイッター公式アカウントが、ゼインのフォローを外したのも面白かった。楽曲で歌い上げるだけではなく、グループのスタンスとして現代のガールパワーを打ち出したのがすごくよかったし、そうでなきゃ嘘だろと思う。そんな最中に彼女たちを自分のライブに出演させて盛り上げたテイラー・スウィフトと、ラジオで「ゼインのことは大好き」とぬるい発言をして、安定のごめっさんクオリティを見せたセレーナ・ゴメスも地味に華を添えていた。さえない女の子たちが黒魔術で人気者に変身するミュージックビデオには映画『ザ・クラフト』みたいな雰囲気もあるし、「ブラック・マジック」自体もすごく好き。その後も、まったくブレずに活動を続けている彼女たちを私は崇めている。

同時期に私の中で熱かったのが、ヘイリー・スタインフェルドの歌手デビュー曲「ラブ・マイセルフ」だ。全体的に明るくてポジティブな曲調だし、「わたしはわたしが大好き　わたしは自分で自分を愛せる　ほかの誰も必要ない」という歌詞を聞いて、うむうむ、セルフリスペクトだな、さすがフェミっ子だな、とはじめは単純に思っていた。あとテイラー軍団で整備アンドロイドに甘んじている彼女（「バッド・ブラッド」のミュージックビデオ参照）が、「ほかの誰も必要ない」と宣言することの意義深さよ、などと感じ入っていた。鏡で自分の姿を見ながら踊るミュージックビデオの演出もいい感じ。

そしたら、YouTubeのコメントに「これ、マスターベーションの歌じゃない？」という指摘がちらほらあってですね、あれ？　と思って歌詞をちゃんと調べてみたら、本当にそうだった。ざくっと訳すと、「自分を気持ちよくする方法は自分でわかってる　あなたなしであのリズムを刻む」「自分の手で痛みを癒やす　自分の名前を叫ぶ」「あなたがいなくても一人で感じられる」「わたしの好きな時に」など、完全なるダブルミーニングの確信犯ソングである。そうなると、鏡の意味もダブルになるわけです。しかもよく見たら、ミュージックビデオで彼女が着ているレオタードには「セルフサービス」の文字が。これをつくったチームはいい仕事をしました。

YouTubeのコメントには、「みんな心が汚い、マスターベーションの歌なんかじゃない」などと書いている人たちもいるのだけど、女の子のマスターベーション讃歌なんて素晴らしいではないか。何が悪いのか。ダブルミーニングだけど、どっちも言っていることは同じだ。これをデビュー曲で歌ったヘイリー、マイヒーロー。しかもただただポジティブに。さすが中学生だった頃の映画デビュー作『トゥルー・グリット』で納得いかないからと監督の演出指示を聞かず、本番でいきなり違うことをしてマット・デイモンをびっくりさせた女なだけありますね。私はこの映画が大好きで、当時この作品を見てヘイリーに一生忠誠を誓うことを決めたのですが、彼女の別次元のガールパワーを見せつけられ、ますますファンになってしまった。

人生が変わった『白鳥の湖』

２０１４年、私は軽い気持ちで見に行ったマシュー・ボーンの『白鳥の湖』に激しく恋をした。人生が変わったと思った。

クラシック版の『白鳥の湖』は確かに美しいが、何か納得いかないものがあった。まず、王子がアホすぎる。白鳥と黒鳥を間違えるなんざ（しかも自分が愛している白鳥ですよ）、いくらフィクションだといっても、受け入れがたい。オレ間違ったと気づいた後の、なんて非情な運命なんだ、みたいな大袈裟な悲しみぶりも腑に落ちない。単にきみのせいだよ。あと、あの王子、黒鳥と一緒にいるほうが、32回転とか大技見せ合って、きゃっきゃしていて楽しそう。白鳥の立場がないだろう。そしてやっぱりどうしても、男性ダンサーの、あの堂々たる白タイツの感じが愛しにくかった。

マシュー・ボーン版『白鳥の湖』の王子は、これまでの私の王子に対する不審感をすべて吹き飛ばしてくれた。舞台はイギリス王室。誰も愛してくれないと孤独感に苛まれている王子が、ある日、白鳥に出会い、愛を知る……というとっても切ない物語で、今さら言わずもがなだが、白鳥と王子を両方とも男性ダンサーがやっているのが画期的だ。１９９５年の初演時は、王子と白鳥のパ・ド・ドゥの途中で怒って席を立つ人たち（主に男性客）もいたらしい。だけど生まれながらにして少数派であることの悲哀と痛みを描いたこの作品は大ヒットし、今では世界中にファンがたくさんいる。私も遅まきながら、ファンの仲間入りを果たしたわけだが、こんなすごいものを見ないまま、何十年ものほほんと生きてきた自分を殴りつけてやりたい。ほかの白鳥たちも全員男性。彼らの群舞は美しくて、残忍で、私は昇天しそうになった。女性ダンサーもメイドや各国の姫君の役で出てくるのだが、みんな個性的な、強いキャラクターばかりで見惚れた。

そして、兎にも角にも王子である。王子役を踊ったクリストファー・マーニーは幕が開いた瞬間から眉間に皺を寄せていて、王子特有の悪い意味で牧歌的な雰囲気は微塵もなく、なんなのこの王子と、すっかり夢中になってしまった。童顔な彼は、少年性が不可欠な王子役にぴったりだ。衣装もパジャマや王室の正装らしい装いで、白タイツ姿より格段に愛しやすい。パジャマ姿で踊る王子は、とても良いものである。

それ以来、当たり前のことだが、彼のＳＮＳ関係はすべて把握し、日々監視していた。アイフォンに世界時差時計のアプリを入れ、クリスがツアーで移動しても、彼は今何時の世界を生きているのかすぐさまわかるようにした。彼が誰かの写真にイイネ！をつけているのを見るだけで、胸の内に喜びが湧き上がった。特に、２０１４年の日本ツアーでだけクリスの相手役として白鳥役を踊ったマルセロ・ゴメスとＳＮＳ上で交流しているのを見ると、本当に幸せな気分になった。こんなに絶望的に美しいカップリングには、多分もう二度とお目にかかることはないだろう。ありがとう、クリスとゴメス。あなたたちのパ・ド・ドゥを胸に、私、生きる！

しかし、『白鳥の湖』の世界ツアーが終わってから、薄々そうなるんじゃないかと恐れていたことが現実になった。そこまでSNSに執着しておらず、愛されているという自覚があるんだかないんだかのクリスは、ぜんぜん自分の写真をSNSにアップしてくれないのだ。ツアー中は、周りのダンサーたちがSNSに彼の写真をあげてくれるため、画像が結構豊作だったのに。ちなみに、その頃彼のインスタグラムにアップされた画像は、「庭」「電車の中になぜかいた鳩」「飼っている犬」「新しく買ったコンバース」などだ。自撮りしてほしいのに、こんなにしてくれない人もほかにいない。誰かロンドンまで飛んで、クリスの耳もとで、もっとインスタ更新しなよ、と囁いてきてほしいレベルだった。

愛を持て余す日々を送っていた日本の私の前に、2年後の秋、クリスはもう一度現れた。今度は『眠れる森の美女』。クリスはライラック伯爵という重要な役で登場。

まず、マシュー版の『眠れる森の美女』は、まさかの吸血鬼モノである。その理由が素晴らしい。ご存じのとおり、元々の物語では、百年の眠りについたオーロラ姫の呪いを解くのは偶然通りかかった王子様のキスだ。しかし、マシューは改編する際に、これまで会ったこともない男のキスで目覚めて、そのまま結婚という展開に疑問を持つ。解決策として、彼女と前から恋愛関係にあった猟師のレオが登場するのだが、人間である彼を百年生かすにはどうしたらいいか、そうだ、吸血鬼にすればいいんだ！　と発想したマシューは天才です。

あと特筆したいのは、オーロラ姫の性格である。はじめから〝異質〟な存在として描かれる彼女は、赤ちゃんの頃からカーテンを這い上がり、がんがん動き回り、使用人たちをてんてこ舞いさせる。成人のパーティーの日も、靴を履くのを嫌がり、履いても途中でさっさと脱ぎ捨て、裸足で駆け回る。この足癖の悪い、やんちゃな姫の動き（バレエなのでもちろん踊りの一部として組み込まれる）が本当にチャーミングで、元気で、自由で、見ているとと涙が出てきてしまう。眠りにつく前の彼女をとにかく動かす演出が本当に大好きだ。しかも、オーロラ姫が目覚めると、そこは現代になっている。これ性差別的じゃないのかな、ジェンダー的に古くないのかな、でも昔からそういう話なんだもんな、仕方ないな、とこれまで私がいろいろな作品に感じてきた違和感や諦念を、マシューは必ず解消してくれる。自分はずっとそういう物語に傷ついていたんだと、マシューの作品を見て、はじめて気づいた。

妖しい妖精たちの踊りは永遠に見ていたかったし、一場面ごとにまったく違うイメージをこちらにぶつけてくる群舞の美しさと凄みに圧倒された。純度１００％の愛情でお互いに突進していくオーロラとレオを見ていると、愛って、恋ってなんて素晴らしいんだと胸が震えた（現実の世界に戻るとその気持ちが一瞬で霧散するという不思議議）。毎回キャストが替わるので（当日までその日の配役がわからないというスリリングなシステム）、それによって物語の雰囲気が変化するし、この人が今日はこの役を！　という楽しみもあるせいで、抗えずにリピートしてしまう（王妃の役を見ることが多かったデイジー＝メイ・ケンプが、乳母の役をやった時のお茶目さよ）。個性的な人ばかりだから、回を重ねるごとに推しダンサーが増える。

私はコーデリア・ブレイスウェイトという、普段は髪を赤く染めているダンサーのファンなのだが、彼女のオーロラは少し陰があって、とても美しかった。ドミニク・ノースのレオは軽みがあって、こいつなら本当に百年待ちかねないという真実味があった。そして、今回私は、新たにリアム・ムーアを患った。以前から『ビリー・エリオット　ミュージカルライブ』など映像作品で何度も見る機会があり、リアムいいよねーみたいな〝余裕ある好き〟だったのだが、実際に彼の超絶かっこいい踊りを目にした途端、変なスイッチが入った。彼は三つの大きな役を日によって踊り分けており（ド器用）、奇跡的に私は三つともコンプリートして見られたのだが、すごすぎて異次元の生き物みたいだった。

クリスはこの日本公演でダンサーを引退し、今は若い世代の育成に取り組んでいる。素敵なパートナーと結婚し、インスタグラムからは充実した幸せな毎日なのが伝わってくる。クリスの『白鳥の湖』を見た時に感じた切羽詰まったような気持ちを私はもう二度と持てないのではないだろうかと懐かしくなりながら、私は今日も彼のインスタグラムを見ている。

愛は愛、人は人

素敵なことが次々と流れてくる魔法の泉ことタンブラーがとにかく大好きなのだが、タンブラーで出会ったヒットの一つは、『イントゥ・ザ・ウッズ』のインタビューで、「あなたは魔女（ウィッチ）の役がお上手ですね？」と司会者に話をふられたメリル・ストリープが、「ビッチの役も得意だけど」と貫禄のある表情で答えた瞬間をキャプチャーした画像だ。こういう海外のインタビューやニュース、映画やドラマの面白かったり意味深かったりする部分を切り取ったものがタンブラーには溢れているので、本当に楽しい。

もう一つのヒットは、「あなたは今までに主人公の恋人役を何度も演じてきましたが、相手が同性の場合はどうでしたか？　大変でしたか？」と記者に聞かれたコリン・ファースが、「いや、まったく同じだ。愛は愛、人は人、結びつきは結びつきだ。恋人が異性であろうが、同性であろうが、その人の人間性は変わらない。どんな時も私にとっては完璧に同じだった」と、記者の言葉を遮るようにして、食い気味に返したインタビューシーンだ。ひと目見た瞬間、私の中でコリン愛が跳ね上がった。

コリンも出ていた『アナザー・カントリー』や、ヒュー・グラントの『モーリス』など、イギリスには同性愛（コリンの名言「愛は愛」について書いた後に、「同性愛」とわざわざ書くのももどかしいが）を描いた名作がいくつもある。特に『モーリス』は、誰かを好きになっただけで、こんなにも苦しまなければならない人がいる社会は、絶対に、絶対に、絶対に駄目だああ、と心が絶叫する。

『SHERLOCK／シャーロック』がはじまった時の一番の驚きは、レストレード警部が、『モーリス』で情熱的なゲイの青年の役をしていたルパート・グレイブスだったことだ。あの嵐のような情熱はどこへ行ったのと解せない気持ちになるほど、レストレード警部のルパートさんは、まるでつきものが落ちたかのごとくさっぱりしたものだった。

今イギリスで活躍している俳優たちは、みんな一度はゲイの役をやっているのではないだろうか。最近だと『イミテーション・ゲーム／エニグマと天才数学者の秘密』のベネディクト・カンバーバッチもそうだし、一緒に出ているマシュー・グードは『情愛と友情』でベン・ウィショーの相手役だった。ウィショーさんは『追憶と、踊りながら』を含め何度もゲイの役をやっているし、実生活でも『ブライト・スター　いちばん美しい恋の詩』で出会った作曲家の男性と結婚した。『ブライト・スター』のエンドクレジットは、ウィショーさんの旦那さまの美しい音楽にウィショーさんの詩の朗読（イギリスの詩人ジョン・キーツの話だから）がかぶさり、あまりのヘブン状態に昇天しそうになる。

イギリス、フランス、ドイツの合作、コリンとバッチさん出演の『裏切りのサーカス』も好きなのだが、途中のバッチさんが椅子に座って声を殺して泣くシーンのエモさでまず前半部分の内容を忘れ、最後の血の涙が流れるシーンで再び後半部分が記憶から吹っ飛ぶので、どういう映画だったか数回見ても覚えられない。あと、ほとんど男性しか活躍せず、わりと女性の扱いが雑なこの映画の中で、壁に「THE FUTURE IS FEMALE」と落書きされているのが一瞬映る意味を、考えてしまう。

俳優たちが役だけじゃなくて、普段から同性愛は普通のことだとアピールするのは本当に大事なことだし、彼らのおかげで社会が変わったところも大きいはずだ。

社会が変わるといえば、サッチャー政権下の炭坑労働者たちとLGBTの若者たちの交流を描いた『パレードへようこそ』がまさにそういう作品で、「声を上げる」というアクションの大切さが、しみじみと理解できる。『SHERLOCK』のモリアーティ役、アンドリュー・スコット（彼もカミングアウトしている）もLGBT専門の古本屋さんの店主として出てくる。ちょっとくたびれた、繊細な雰囲気が非常によかった。

そして、『ホット・ファズ　俺たちスーパーポリスメン！』を見て以来、私が静かにファンを続けているパディ・コンシダインが、彼史上最大級に素敵だ。『サブマリン』に出てくる胡散臭いメンターなど、わりと変な役をしているのを目にすることも少なくないのだが（あ、でも、『ワールズ・エンド　酔っぱらいが世界を救う！』の時の、ロザムンド・パイクに片思いしている役も素敵だった）、今回は正統派の格好よさだ。渋くて震えた。彼は炭坑労働者のリーダー役なのだけど、ずっと同じ地味な服装をしているのも渋い。もう渋いしか言えない。

サポートを申し出たLGBTの若者たちに最初に会いに行くのがパディさん演じるダイで、もし彼が偏見を持った人間だったら、この実話だというのが信じられないような奇跡は起こらなかったのだ。そう考えると恐ろしい。本当に、一人の力で世界は変わってしまうのだ。

生き残る女の子は進化する

ホラー映画で最後まで生き残る女の子のことを、「ファイナル・ガール」と言う。歴代ホラー映画のお約束がすべてぶっ込まれた、超傑作『キャビン』もそうだったけど、最近、この「ファイナル・ガール」という概念を前面に押し出した映画がいくつもある。

たとえば、アビゲイル・ブレスリン主演の、その名も『ファイナルガール』という作品は、幼い頃から戦い方を伝授された女の子が主人公だ。金髪の女の子をゲーム感覚で次々に殺すサイコ男子グループのもとに、最後の試練として彼女は送り込まれる。予告編を見てものすごく楽しみにしていたのだけど、実際見てみたら、結構がっかりしてしまった。教育する側である年上の男性(『ハンガー・ゲーム』のもみあげが特徴的な人)に、主人公が恋心を抱いている古くさい設定だったからだ。それだと、動機が「好きな人のため」になってしまい、壮絶に退屈だ。そうじゃない、そうじゃないんだ!　と何度も心が叫んだ。もったいない!

『ファイナル・ガールズ　惨劇のシナリオ』という作品もある。これは、昔のB級ホラー映画の世界に閉じ込められた若者たちが、何とか生き残ろうとする話だ。「ファイナル・ガールと一緒にいれば助かるはずだ!」とか、「(セックスする役はあとで殺されるから)セックスしちゃ駄目」とか、ホラー映画の知識を総動員させて連続殺人鬼と戦うのだが、欲を言うなら、「ガールズ」と複数形にした意味をもっと際立たせて欲しかった。一人しか生き残ることができない、というその「伝統」自体を批評的に描いてくれるのかと思ったのに。ただ、何より素晴らしかったのは、「頭の軽い」女の子たちのセクシーダンスシーンを、強くて、かっこよくて、切実で、彼女たちの勇敢さを示す場面に昇華してみせたことだ。母娘の物語としても泣ける。お互いを救うために、自分に与えられた役柄を超えていく、もしくはその役割に殉じてみせる。そのどちらも尊いのだ。

そして、これも立派な「ファイナル・ガール」だなと感動したのが、『イット・フォローズ』だ。アメリカ公開時、たった四館で上映スタートしたにもかかわらず、大ヒットして上映館数が膨れ上がった作品だ。荒廃したデトロイトの街で将来に希望もなく、思春期を長引かせるような気だるい夏を過ごしていた19歳のジェイは、新しいボーイフレンドとはじめてのセックスをしたことで、人生が悪夢になってしまう。チャールズ・バーンズが70年代を舞台に描いた、奇妙な病気が地元の若者の間で性感染する『ブラック・ホール』というオルタナティブコミックがあるのだけど、これも「性」のダークサイドを悪夢化したとても面白い作品だ。セックスの前に相手に「言わないといけないことがある」と言われたら、勝手に解釈して「わかるわ」などと言って話を遮らず、絶対に最後まで話を聞いたほうがいいということを、私はこの作品で学んだ。なぜなら、絶対に、わかってないから。

話が少し逸れたが、『イット・フォローズ』は乱暴に言うと、『ブラック・ホール』ミーツ『ヴアージン・スーサイズ』であり、ノスタルジックでありながらも、同時代性を強く感じる作品だ。今日でもＨＩＶをはじめとするさまざまな性病が、正しい知識を与えられないまま若者たちの間で蔓延している。若き日の過ちの代償は大きく、その後の人生を病気に対処しながら共存して生きなくてはならない。『イット・フォローズ』では性感染することによって、「それ」に「つきまとわれる」はめに陥る。他人事じゃない感じがさらに臨場感を増す。あまりに容赦のない思春期の強制終了ぶりは、性教育の授業で流したら効果絶大なんじゃないかと思うほど説得力がある。「恐い」映画だけど、「恐い」の意味がちょっと違う。作中に漂う醒めた笑いも好きだ。

彼氏だと思っていた男性に真実を告げられるシーンも、ジェイには悪いが、面白かった。脳の処理が追いつかない彼女をよそに、清々しいほどにテキパキした「ゲーム説明」が展開されていく。「それ」から解放されるためには後継者を見つけないといけないのだが、その後継者のポテンシャル次第で、またすぐに「それ」が自分のもとに戻ってくる危険性も高い。だから生き残りそうなやつを選ばないといけなくて、つまり、ジェイは「俺のファイナル・ガール」として選出されたのだ。これぞ「ファイナル・ガール」の系譜に新機軸が生まれた瞬間である。「頼むから（俺のために）がんばってくれ」というあまりに身勝手かつ、痛切な勢いにちょっと笑ってしまった。

当事者にとって「それ」が大問題でも周りからしたら他人事で、状況を甘く考えたり、対処の方法があんまりかしこくなかったりするのも、まさに現実っぽい。物語上はっきりと説明されていないことも映像内にヒントが隠れているので、何度も見たくなる。どこまで「それ」から逃げ続けることができるのか。こんな切実なサバイバル映画はなかなかない。

私の90年代を肯定してくれてありがとう

アメリカに2年間留学していた高校生時代は90年代半ばで、当時流行していたのは、ニルヴァーナ、アラニス・モリセット、ジュエル、スマッシング・パンプキンズ、ノー・ダウト、TLCなど。寮の部屋や友人の車の中で、ラジオから流れ出す新曲に合わせてみんなで歌った。スパイス・ガールズのデビューもちょうどこの頃で、ラジオから「ワナビー」がはじめて流れてきた瞬間の、「これはなんていうグループの曲だ⁉」という自分や周りの子たちの興奮もまだ覚えている。スパイス・ガールズは、あっという間に大人気になった。

週末になると、寮生たちは、先生の運転するバンに揺られ、映画館に行った。今思えば、『クルーレス』『スクリーム』『ザ・クラフト』など、学園映画のエピックとなる作品をリアルタイムで見ることができた。私は特に、はみだし者の女子高生たちが魔法を使えるようになる『ザ・クラフト』にはまった。

授業でちょうどシェイクスピアの『ロミオとジュリエット』を学んでいる時に、その頃はすごく好きだったレオナルド・ディカプリオがロミオ役の映画版が公開されたので、テンション高く見に行った。当時放送されていたドラマ『アンジェラ 15歳の日々』を見ていたこともあり、ジュリエット役のクレア・デーンズも大好きで、彼女の真似をして髪の毛を赤くしたりしていた。小花柄のワンピースにオーバーサイズのチェックのシャツなど、ザ・90年代のファッションがものすごくかわいかった。

だけど、時は容赦ない。映画でも音楽でも新しい作品が次々と生まれ、2001年にスパイス・ガールズは活動休止。何事もそうだけど、大ヒットしたものほど、後でダサいという扱いを受ける運命にある。時間が経つとともに90年代の文化はギャグとして取り扱われることも増え、高校生の頃、スパイス・ガールズをはじめとする、あのチープで楽しいいろんなものが好きだった思い出は胸の中に秘め、生きていくしかないと思っていた。私のアイドルだったTLCのレフト・アイが2002年に若くして亡くなったことも、私の喪失感に拍車をかけた。

ところが、2014年にチャーリーXCXの「ブレイク・ザ・ルールズ」のミュージックビデオを見て、びっくりした。『ザ・クラフト』『ハード・キャンディ』『キャリー』といった学園映画のパロディだったからだ。プロム会場で豚の血を浴びせられたキャリーは怒りで町全体を火の海に変えるが、このミュージックビデオのチャーリーXCXはピンク色の液体を嬉々としてかぶっている。イギー・アゼリアとコラボした「ファンシー」に至っては、『クルーレス』の世界を再現。この人、学園映画好きすぎるだろ、っていうか90年代好きなんじゃないかと興味を持ち、ちょっと調べてみたところ、スパイス・ガールズと『クルーレス』が大好きな平成生まれであることが判明。インタビューなどで、堂々とスパイス・ガールズが好きだと語る彼女を見て、私の90年代を肯定してくれてありがとう、私もこれから胸を張って生きていきます、という心強い気持ちになった（その後、90年代のリバイバルブームがまさかの到来）。この時期の彼女は寝間着のスリップを昼間から着ていることが多かったのだが、つるつるのキャミソールドレスを着てパフォーマンスする姿は、90年代の雑誌『CUTiE』のスタイリングを彷彿とさせた。

しかも、アイコナ・ポップの「アイ・ラヴ・イット」も彼女の曲だとわかり、この人、すごいよと唸っていたところに登場したのが、映画『きっと、星のせいじゃない。』の楽曲として提供された「ブーム・クラップ」だった。この曲は、ヒラリー・ダフに提供しようとしたところ、「ヒラリーが歌うにはクールさが足りない」と断られたという逸話があるのだが、ヒラリーが歌っていたらここまでヒットしなかったはずだ。まだそこまで知られていなかったチャーリーXCXが歌ったからこそ、新鮮でよかった。『きっと、星のせいじゃない。』では、主役の二人の念願であるアムステルダム旅行で、飛行機が到着する瞬間に流れ出すという最高の使われ方をしていた。この旅行中にシャイリーン・ウッドリーが着ている青いコートや青いドレスがとても印象的なのだが、運命の恋について歌われる「ブーム・クラップ」の歌詞は、「きみは澄み切った青色月の光を浴びている」という一節ではじまる。映画の中ではその部分は使われていないが、後で歌詞カードを読んで、もし歌とファッションを合わせたのだとしたら、なんて素敵なコーディネートなのだろうと思った。普段は、若い世代が羨ましいと思うことはほとんどない（若いって、しんどいから）。けれど、今のアメリカの10代の子たちはラジオから流れるチャーリーXCXに歓声を上げたり、『きっと、星のせいじゃない。』をみんなで見に行ったりしているのかと想像すると、ちょっと羨ましい。

そして、チャーリーXCXがトロイ・シヴァンとコラボした2018年の新曲のタイトルは、ブレない「1999」。ミュージックビデオでは、TLCやスパイス・ガールズをはじめとする、90年代にヒットした物事をばんばんパロディ化。「1999年に戻りたい」と歌う彼女の90年代への愛は健在である。

合言葉は「Good boy!」、じゃなくて「Good girl!」

この数年の間で、私が自分を一番褒めてあげたいのはNetflixに加入したことで、一番反省しているのは、もっとはやくNetflixに加入しなかったことだ。

ジリアン・ジェイコブス主演の『ラブ』配信スタートというタイミングで、私はようやくNetflixに加入した。そして、勢いに任せて全話見た。『オレンジ・イズ・ニュー・ブラック』や『アンブレイカブル・キミー・シュミット』など、今これを見なくて何を見るんだ的なドラマは以前から見ていたので（ドラマの配信が日本でメジャーになる前の、どんな手段を用いても私はこのドラマたちを見てやる、というギラギラした情熱と行動は、今思い返すと、どう考えても青春の一ページである）、続いて、『マスター・オブ・ゼロ』や『ジェシカ・ジョーンズ』など気になったドラマをそわそわと何話か見ていった。

この時点で、私はもう中毒だった。仕事をしようとパソコンの電源を入れるたびに、手がふらふらとNetflixのページを開こうとする。とんでもない魔物が私のパソコンに搭載されてしまったのだ。しかし、この魔物は、『ミス・フィッシャーの殺人ミステリー』と『ブレッチリー・サークル』という、素晴らしい存在を私に教えてくれた。

『ミス・フィッシャーの殺人ミステリー』は第一次世界大戦後のメルボルンを舞台に、私立探偵ミス・フィッシャーが大活躍するオーストラリアの作品だ。ケリー・グリーンウッドのミステリーシリーズが原作のこのドラマを一言で表すと、フェミニズム天国、である。大胆不敵で派手好きのミス・フィッシャーは捜査の時もおしゃれを忘れず、ジェームズ・ボンドばりに出会った男たちを次々に落としていく。

そして、捜査の過程で知り合った、恵まれない境遇にいる若い娘たちを助手として雇ったり、養女にして学校に通わせたりと、彼女たちをどんどん幸せにしてあげる。助手となるドロシー（愛称はドット）は敬虔なカトリック信者なのだけど、ミス・フィッシャーのおかげで、誰かに尽くすだけではない、自分の人生を見つけていく。もうドットが本当に可愛くて、彼女が登場すると、ドット可愛や、可愛やドットと、「リンゴの唄」の替え歌が頭の中で流れ出すくらいだ。養女となるジェーンは読書好きの勇敢な少女で、この子が少女探偵として活躍するスピンオフがないことが、残念でならない。ミス・フィッシャーの親友の女性医師マックは男装のレズビアンで、彼女のファッションも非常にかっこいい。捜査を手伝う労働者のバートとセスはフェアないい奴らだし、執事のバトラーは頼れる紳士だ。ミス・フィッシャーとドットがそれぞれ恋仲になる警察官コンビも、彼女たちの生き方を理解し、尊重しようとする。

女性のため、とか、「女性目線」を謳う作品でも、ちょっとでも制作者側にマッチョな意識があったり、知識不足だったりしたら、すぐに方向性を誤ってしまうのが世の常だが、このドラマは舵取りを間違わない。たとえば、第1話で雇い主にレイプされ、中絶を経験したメイドのアリスは、彼女をちゃんと愛してくれる男性と速攻で幸せになる。相手の男性の葛藤なんて微塵も描かないし、彼は飲みに行く時に、「女も飲める店にしよう」「アリスも一緒に行けるから」と言う。ミス・フィッシャーは登場人物だけでなく、私のことも幸せにしてくれた。

そして、ガイ・バート脚本の『ブレッチリー・サークル』。これは第二次世界大戦時に、政府の暗号学校でドイツ軍の暗号を解き、イギリスに貢献していた女性四人が、自分たちの能力を使って連続殺人事件を解決しようとする話だ。ドラマは戦時中のシーンからはじまるのだが、戦争が終わったら普通の女の子になってしまうという彼女たちの予感どおり、7年後、パターン解析が得意だったスーザンは二人の子どもを持つ主婦になっている。暗号学校の存在は国家機密であり口外してはいけないため、夫は妻のことを、クロスワードに強い女、としか思っておらず、難しいパズル本を買ってきてやろうと言う。直観像記憶がある一番若いルーシーは結婚し、家事に精を出している。妻の能力にもちろん夫は気づかず、彼女を束縛し、暴力をふるう。自らの能力の非凡さをよく理解しながらも、この社会では実力を発揮できないと静かに諦めていた彼女たちは、事件のことを知り、「同じ女性なのよ、なのに無惨に殺された」と、被害者に心を寄せる。男たちには任せておけないと、当事者として事件に挑む女たちのあまりの熱さに私はむせび泣きました。書類や暗号機に埋もれながら推理する女たち、というビジュアルも満点。戦時中に使用されていたが、その後眠っていたエニグマ暗号機の力をもう一度借りるシーンで、ちゃんと動いた機械に対して、「Good boy!」ではなく、「Good girl!」と声をかける細かさなども、とてもいい。

ちなみに、NASAで差別に負けずに活躍した黒人女性たちの奮闘を描いた『ドリーム』でも、導入されたばかりのスーパーコンピュータを起動したオクタビア・スペンサーが、「Good girl!」と同じような意味を持つ「Attagirl.」と声をかけるシーンがあって、うれしくなった。

怪物レベルの呪いの物語、ここに誕生

呪いを解く物語は、グリム童話やディズニー映画を引き合いに出すまでもなく、たくさんある。『白雪姫』や『眠れる森の美女』のように、王子様のキスで呪いが解けるパターンとか、『美女と野獣』や『かえるの王子様』のように、逆に王子様の呪いを解いてあげるパターンとか。けれど、ここ10年ちょっとの間に、そのパターンががらっと変わった印象がある。２００８年公開の『ペネロピ』などまさにそうだけど、自分にかけられた呪いを解くことができるのは自分しかいないという、意識の変化を促す、主体性の物語として描くことが新しい流れになった。『マッドマックス　怒りのデス・ロード』もその中で生まれた一作といえる。

さて、そんな主体性の回復の物語が当たり前になった２０１５年、アメリカで怪物レベルの呪いの物語が誕生した。それが『クレイジー・エックス・ガールフレンド』だ。批評家のレビューサイト「ロッテントマト」で平均97％、シーズン2に至っては１００％の高評価をたたき出し、主演のほかプロデューサーや脚本も兼任するレイチェル・ブルーム（この人がテレビに進出する前につくった、「Fuck Me, Ray Bradbury」というSFオタクの女の子の歌、すごく面白い）は、ゴールデン・グローブ賞などさまざまな賞を受賞。すべてが疾風のごとき勢いだったので、なん

なの、アメリカで何が起こっているの、という感じだったこのドラマも、日本のNetflixで配信されてるぞー！

ニューヨークの超エリート弁護士レベッカは、ある日、昇進の話を聞いた瞬間、パニックに襲われる。この時の、必死に自分に言い聞かせるような「客観的に見ていいことよね？」「客観的にすごいことよね？」という、「客観的に」の畳み掛けで、彼女の呪いの深さが即座に伝わり、いきなりつらい。不安神経症やうつの傾向を大量の薬で押し込め、自分の喜びから目を背けてきた彼女が、「幸せ」という言葉に導かれるように、かつての恋人ジョシュの住むカリフォルニアに引っ越すことで物語は動きはじめるのだが、物心がついた頃から26歳まで蓄積され続け、自分でも暗示をかけてきた呪いを解くのには、とにかく時間がかかる。キャリアを捨てて追いかけてきたのに、ジョシュへの恋心を頑に否定し続け、ようやく口に出して認めることができるのはなんと第９話になってから。レベッカはＩＱ164なのに自尊心が低く、巨大な承認欲求を胸に抱え込んでいる。空回りを繰り返す彼女を見ていると、デトックスがどれだけ大変なことなのか痛感させられる。これが、本来のスピードなのだと思う。現実では、呪いは映画のように２時間で解けるものではないのだ。

ジョシュとハッピーエンドになるのがゴールではなく、何より大切なのは、レベッカがすべての抑圧と呪いから自由になること、その後で彼女にとって大切な人を見つけること。この順番でなくては意味がないことを、この作品は手を替え品を替え彼女に伝えようとする。そして「愛」や「幸せ」は、恋愛からしか得られないものではなく、さまざまなかたちで人生に現れるものだと、レベッカにとっての「愛」の概念を広げようとする（妻と離婚した上司のダリルが、自分はバイセクシャルなのだ、両方愛していいんだと気づく展開が同時進行する）。ちなみに、夢の中で彼女が自分の過去と現在の「愛」の思い出を見直す場面の、「なんでも男性関係に結びつけるな、ベクデルテストにパスできないから」というカウンセラーの言葉が面白い。レベッカは勉強家でフェミニストなのに（シーズン3で自分のオフィスにフェミニズム運動家のグロリア・スタイネムの大きな写真を飾ろうとしたり、ロクサーヌ・ゲイなどに言及したりする）、自分のことになるとすべてがくっちゃくちゃになるところが好きだ。

物語が進むにつれ、レベッカだけでなく、ほかの登場人物たちも、それぞれ自分のクレイジーさ（＝駄目な部分）を見つめなければならなくなる。クレイジーじゃない人なんかいないのだ。それぞれが、自分で自分にかけた呪いを解くまでの、長い長い物語。それがハイテンションのミュージカルに仕立てられているという、文字通りクレイジーなコメディドラマなのだが、ミュージカルであることも、レベッカの「幸せ」に実は関係がある。七転八倒しながら、現実逃避しながら、それでも自分と向き合おうとする彼女を私は全力で応援している。

「3M」の時代

90年代の日本には、「3M（スリーエム）」という概念があった。当時人気だった宮沢りえ、牧瀬里穂、観月ありさの名字のイニシャル「M」から生まれた言葉で、「最強の三人」みたいな意味だ。時は流れて2014年、私は「スリーエマ」に夢中だった。

ファーストエマは、エマ・ワトソン。映画版の『ハリー・ポッター』で彼女をはじめて見た時は、よくこんなぴったりな子を見つけたなと感動した。優秀で、小生意気で、意志が強いハーマイオニーは最高のキャラである。シリーズが進むうちに、ボリューム満点ぼっさぼさの髪形がどんどんおとなしくなっていったのは残念だったが、矢か、と思うほどのエマの強いまなざしはずっと変わらなかった。彼女が魔法の杖を振って呪文を唱える際の、「絶対に何があっても容赦しません顔」は至高。私はハーマイオニーが好きすぎて、L.L.ビーンのトートに、「ハーマイオニー」と刺繍してもらったくらいだ。もう一つ「グリフィンドール」と刺繍してもらったトートも持っている。『ハリー・ポッター』シリーズが終了した後は、こんなにもハーマイオニーな彼女はこれからどうなるのだろうと勝手に心配し、「エマの成長を応援する会」を直ちに脳内で発足させ（部員一人）、いろいろな役にチャレンジする彼女を見守ってきた。今のところ、心に闇を抱える高校生チャーリーに人生の喜びを示してあげる『ウォールフラワー』のサム役が私的にはベスト。この役は、これまでずっと世界中の人たちに魔法をかけてきたエマがやるからこそ説得力がある。サムがチャーリーにタイプライターをプレゼントするシーンなど、映画館で隣の席だった女性が「わあ！」と思わず感嘆の声をあげたほどで（実話）、私の中ではハーマイオニーが魔法でタイプライターを出してあげたシーンとして記憶されている。国連での「HeForShe」キャンペーンのスピーチは、小さな頃からの彼女のまなざしを思えば、そりゃこうなるようとうんうん頷きながら、そして号泣しながら見た。もう「エマの成長を応援する会」から「エマの成長を崇める会」に変更しようと思う。

セカンドエマは、エマ・ストーン。この人はどの映画でも輝いているし、『小悪魔はなぜモテる?!』とかマジ最高だが、こいつすげえなと本気でファンになったのは、アメリカのバラエティ番組出演時の姿を見てからだ。まず衝撃を受けたのが、エレン・デジェネレスの番組で人気の「Dance Dare」というゲームに参加した際のエマ。人の後ろで踊り、その人に気づかれたら負けという遊びなのだけど、過去に挑戦したテイラー・スウィフトやザック・エフロンが生ぬるいダンスでお茶をにごしたのに対し、彼女は激しく踊ってみたり、堂々とターンしたりステップを踏んでみたり、とにかく攻めのダンスを見せ、はじめて見た時、笑いすぎてイスから落ちそうになった。

ジミー・ファロンの番組に『アメイジング・スパイダーマン２』の宣伝で出た時も、「Lip Sync Battle」という、いかに「口パク」でうまく歌っているふりをするかを競うゲームで、曲の途中で早口になるブルース・トラベラーの「フック」を鬼気迫る勢いで「口パク」し、喝采を浴びて帰っていった。ダサめの選曲が光った。チャンスがあると、おまえは小学生男子かと思うほど全身全霊でふざけてしまうのが、エマ・ストーンなのである。だから、正直な話、彼女が最も本領を発揮するのは、『サタデー・ナイト・ライブ』出演時ではないかと、私は本気で思っている。また、小学生男子といえば、同じ映画の宣伝で8歳の男の子からインタビューを受けていたのだが、「アンドリュー・ガーフィールド（相手役で当時の彼氏）とキスするのは大変でしたか?」と質問され、何の躊躇もなく「すっごく気持ち悪かった」と、キスとかキモいよねみたいなノリで返していて、8歳の少年とのシンクロ率が異常に高かった。子どもの心を忘れない女、そしていつも笑わせてくれる女、それがエマ・ストーン（前述のエマのふざけ映像はすべてYouTubeで見られます）。

サードエマは、エマ・ロバーツ。生意気な女の子、いわゆる「ビッチ」をやらせたら右に出る者なし。映画『なんちゃって家族』『セレステ∞ジェシー』もよかったけど、いちばん好きなのは、ドラマ『アメリカン・ホラー・ストーリー／魔女団』のティーン魔女だ。自分を酷い目に遭わせた男たちが乗ったバスを魔力で引っくり返し、惨殺するシーンはレジェンドである。基本ルール無用の、自分のことしか考えていないキャラなのに、なぜか彼女だと人間味があって愛せる。インスタとかを見ていると今時の女の子っぽいのに、どんなえぐい役でもさらっと自然にやってのけるところが底知れない。

つらみと爆笑の波状攻撃

一時期、エイミー・シューマーのコメディ番組『Inside Amy Schumer』を仕事の合間に見て、英気を養っていた。YouTube のコメディ・セントラルのチャンネルにアップされているし、多くは英語の字幕付きで見ることができる。

私がはまったきっかけは、「Girl, You Don't Need Makeup（素顔がいちばんかわいいよ）」という歌の回だった。ミュージックビデオ風につくられたスキット（寸劇）で、ワン・ダイレクションみたいな男の子たちが、エイミーのまわりで歌い踊る。その歌詞ときたら、この世のすべての女性たちが共感でぶっ倒れてしまいそうな内容なのだ。まず、ちゃんとメイクをしたエイミーに、「きみは完璧、口紅もチークもいらないよ、もとがいいんだから」「メイクなんて洗い落としちゃいな」と男の子たちはやさしく歌いかける。彼らの言葉を信じた彼女は化粧品をうきうきとゴミ箱に捨て、顔を洗う。けれど、ノーメイクになったエイミーを見た男の子たちは顔色を変え、さっきとは真逆のことを歌いはじめる。「きみのまつげがそんなにごわごわで薄いなんてね、マスカラなしじゃ女に見えない」「『リング』の貞子と一緒に歩いているとこ見られたくない」「俺たちの本音はわかるだろ、素顔に見えるメイクをしてくれ」などなど、言いたい放題。化粧をし直すはめになったエイミーは、彼らの〝アドバイス〟のせいでどんどん厚化粧に。〝ナチュラルメイク〟好きな男たちを笑いにしていて、びっくりするくらい面白かった。そして最後の悲しそうなエイミーの表情に、はからずも涙。この歌は大人気になり、２０１５年のエミー賞でオリジナルソング賞を受賞した。

この歌でもわかるように、エイミー・シューマーは、フェミニズムで笑いをとりまくる。たとえば、行きずりの女とのセックスを赤裸々に披露し合っている男性グループのスキットがある。その中の一人が妻との性生活をエロく語ろうとした途端、「下品だからやめてくれ」と彼らは拒否反応を示す。これは、同じ女性でも立場によって男性たちからの扱われ方がまったく違う、というダブルスタンダードを皮肉ったものだ。

スポーツウェア姿の女性たちが窓の外のストリッパーを見下ろし、「哀れよね」「なんでああなったのかしら」などとえらそうに言っていたら、実は彼女たちがいたのはポールダンスの教室で、インストラクターに「さあ、ポールに飛びつけ、おまえたちは娼婦だ！」と叫ばれるスキットなど、オチがお見事。どれもクレバーでシビア、わかりすぎてつらいんだけど笑えるという天才技がぼんぼん炸裂している。ちなみに、この番組は女性のライターが多いそうだ。

女性グループのお世辞と謙遜合戦がエスカレートするスキットを、アメリカにもこういうのあるんだなと思って見ていたら、「日本ってこうだよね」「これが嫌すぎて日本から帰国した」などと、なぜかコメント欄で日本がディスられまくる現象が発生する事態も。『サタデー・ナイト・ライブ』で活躍していたアビー・エリオットや、『GIRLS／ガールズ』で気になって以来勝手に注目しているアジア系のグレタ・リーなど、スキットには面白い女性たちがいっぱい出ている。男性たちも、軽薄でだらしがない白人男性役を嬉々としてやっているのがいい。ティナ・フェイ、ジュリア・ルイス゠ドレイファス、パトリシア・アークウェットが、男たちにとって「ヤレる」対象じゃなくなったことをお祝いしているところにエイミーが通りかかり、年をとった女優がハリウッドでどういう扱いをされるか語り合うスキットがあったりして、ゲスト出演も豪華だ。エイミーとこの番組が大人気だという事実がものすごくうれしいいし、見るたびに励まされている。

最強のパイセン、ティナさんとエイミーさん

2015年のゴールデンウィークに、柴田元幸さんが編集している英語版の文芸誌『Monkey Business』の刊行ツアーで二週間ほどアメリカに行ったのだが、シカゴ空港を出た瞬間、私が大好きなドラマ『アンブレイカブル・キミー・シュミット』で主人公キミーのお金持ちボーイフレンド役を演じていた人を見かけて驚いた（あとニューヨークに移動した後、ブルックリンにあるアイスクリームのお店に入ったら、『GIRLS／ガールズ』のジェマイマ・カークがいてさらに驚いた）。このドラマは、コメディ番組『サタデー・ナイト・ライブ』で女性初のヘッドライターとなり、その後も『ミーン・ガールズ』や『30ROCK／サーティー・ロック』を大ヒットさせたティナ・フェイが、エリー・ケンパーのためにつくったドラマだ。エリー・ケンパーは、『ブライズメイズ　史上最悪のウェディングプラン』や『ザ・オフィス』に出てくる赤毛の女性だと聞けば、思い出す人も多いかもしれない。私は『ブライズメイズ』の彼女の役が大好きなのだが、シニカルではなくて、朗らかに面白いキャラを演じることができるのが、彼女の非凡にして最大の持ち味だと思う。

キミーもまさにそういうキャラクターだ。14歳の時に頭のおかしいカルト男に誘拐され、20代

後半でようやく解放された彼女は、ニューヨークで自分の人生を送りはじめる。重い題材だけど、中学校までの教育しか受けていない彼女の「世界を知りたい」という明るい力が、この話を暗いものにしない。性暴力の被害者を、まるでその人の人生が終わったかのように描く作品もいまだ世の中に生み出されているけど、ティナ・フェイはちゃんと「サバイバー」として描く。キーワードは「Females are strong as hell（女はめっちゃ強い）」だ。

もちろんフェミ的な台詞や展開も満載なのだが、エリー・ケンパーの個性のおかげでこれまでにない新しい切り口で描くことに成功している。道路工事をしている男から「あんたのジーンズになりたいぜ」とセクハラ発言を道で浴びせられたキミーは、相手の意図が理解できず、「わたしはあなたのかぶっているその黄色いヘルメットになりたい！」と笑顔で返す。彼女の反応に面食らった男に「黄色って大好き！」とさらに畳み掛け、最終的に男を改心させてしまう。これは歴史に残る名シーンだと思う！　若い女の子に「このビッチ！」とののしられる場面でも、「小犬を産んでくれるメスの犬のこと？　褒め言葉をありがと」と返したりと、既存の意味から毒気を抜く技が冴えわたる。

ほかのキャラクターも、ネイティブ・アメリカンの血筋を隠し、セレブな白人として自分を偽って暮らしている女性（ジェーン・クラコウスキー）や、役者として成功するため、ストレートらしく見せるレッスンを受けてみたりする多感なゲイの男性（タイタス・バージェス）など。このドラマは、登場人物それぞれが「本当の自分」を取り戻す物語なのだ。男性の身勝手な欲望で閉じ込められていたキミーが、シーズンを重ねるごとに、男性の中にある女性への加害性を、子どもの内の教育でどうにかしたいという目標を持つのも、とても必然的な展開だ。

このドラマの前は、2015年の春に本国で放送が終了したコメディドラマ『パークス・アンド・レクリエーション』に夢中だった。ティナ・フェイと同じ時期に『サタデー・ナイト・ライブ』に出ていたエイミー・ポーラーが製作・主演していて、めちゃくちゃ面白い。政治家志望で上昇志向が強く、仕事に必死なあまりすぐ暴走してしまうレスリー・ノープという、これまでなら煙たがられそうな女性像を、とんでもなく愛すべきキャラクターとして描くことに成功したエイミー・ポーラーの偉業よ（この役でゴールデン・グローブ賞を受賞した）。

ちなみにレスリーだけじゃなく、ほかの登場人物の設定も、世の中のステレオタイプをひっくり返してつくられている。インド系男性は生真面目で計算が得意とされているが、同僚のトム（アジズ・アンサリ）は、消費と派手なことにしか興味がない軽薄男子だ。部署でいちばん若い女の子であるエイプリル（オーブリー・プラザ）は可愛げのかけらもなく、ダークな言動しかしない。太めの黒人女性ドナ（レッタ）は自信に満ち溢れた、一番のバッドアスだ。『ガーディアンズ・オブ・ギャラクシー』で一躍人気になったクリス・プラットは、このドラマでは子どもの心を持つ、とにかくぐうたらなアンディの役をやっていた。彼の成功は喜ばしいが、ぽちゃぽちゃした子どものようで愛らしかったアンディが、映画に合わせて途中からどんどん痩せていったことがさみしかった。かっこよくなって残念がられるってなかなかないだろう。アン（ラシダ・ジョーンズ）とレスリーの友情もレスリー側の愛が重くて楽しいし、レスリーの恋人となる『ゲーム・オブ・スローンズ』が大好きなベン（アダム・スコット）は心優しきオタクで、私の理想の男性はこの人である。出てくる人たちがみんな風変わりで、愛おしい。恋愛要素の展開もいちいちチャーミングで、私に世の作品の中からベストキス賞やベストウエディング賞を選ばせたら、このドラマがぶっちぎりで優勝だ。バレンタインデーの前日に女性同士で称え合うギャレンタインズデーや、自分を徹底的に甘やかすTreat Yo Selfの日など、面白いところを般若心経のようにひたすら書き出したいくらいだ。レスリーは選挙の時に「パイを焼きたいなら焼けばいいし、仕事をがんばりたいならそれもいい。両方やっても、片方だけでも、どっちだっていい。他者の選択を批判するのだけはやめましょう」とスピーチするのだけど、全編にわたってそのスピリットが生きている。

ティナ・フェイとエイミー・ポーラーがかかわっている作品を見ていると、二人のことを勝手に先輩と呼びたくなる。この二人が学校や職場にいたら、さぞや頼もしいことだろう。最強のパイセン、ティナさんとエイミーさんに我々も続け。

カーリーに目覚める

アルバム『エモーション』で、カーリー・レイ・ジェプセンにようやく目覚めた私である。目覚めが遅くなってしまったのは、最初に見たのが、トム・ハンクスが出てくる「アイ・リアリー・ライク・ユー」のミュージックビデオだったせいだ。歌は結構好きだったのだが、トム・ハンクスが世界観とマッチしていないし、展開も少しも面白くないし、最後にふらっとジャスティン・ビーバーが出てくるのにもイラッとした。有名人出せばいいってもんじゃない。もう一つの、「I REALLY REALLY REALLY REALLY REALLY REALLY LIKE YOU」と、歌詞が怒濤の勢いでタイプされていくリリックビデオのほうが断然よかった。あと、大ヒットした「コール・ミー・メイビー」のミュージックビデオも、「好きになった人がゲイでした」という、もういい加減それやめようぜ、なオチを採用していたので、いまいち乗り切れなかった。それに、この頃の彼女は、日本の学生さんですか、と聞きたくなるような髪形とファッションをしていたので、そこも、うーむ、という感じだった。ポジティブな西野カナ、と心の中で呼んでいた。

しかし、「ラン・アウェイ・ウィズ・ミー」のミュージックビデオを見て、一気に彼女のファンになった。ロンドン、パリ、ニューヨーク、トロントなど、いろんな都市を恋人と回っている設定のカーリーが自然で、本当にかわいいのだ。どの街にいても、彼女が楽しそうなのがすごくいい。

日本も登場し、特に後半の盛り上がりで、東京のカラオケボックスで友人たちとこの歌を大合唱するカーリーが映されるのだが、この流れが本当に眩しい。はしゃぐカーリーのおかげで、我々にはおなじみの、殺風景としかいえない個室の並ぶ廊下や階段が輝いて見える。この現象をカーリー効果と名付けたい。みんなで一緒にカラオケで歌を歌っていると、この小さな部屋の中には今確かに自分の居場所があるんだと確信でき、妙に切なくなる瞬間が私にはあるのだけど、そんなカラオケボックスのマジックを久方ぶりに思い出した。窓の外では、夜のビル街がキラキラしている。

日本のカラオケボックスといえば、ソフィア・コッポラが監督した映画『ロスト・イン・トランスレーション』に出てくるシーンが有名だけど、あんなもん、カーリーが軽く更新ですよ。そもそもあの映画には、私はずっと言いたいことがあった。なんというか、おまえたち、普通にもっと訪れた土地を楽しめよ。夫にほったらかしにされているとはいえ、スカーレット・ヨハンソンのアンニュイが過ぎる。ビル・マーレイの仕事相手の日本人たちもみんなギャグみたいな酷い描かれ方をしているし、なんなの、ソフィアにとって、日本人は鳥獣戯画なの？

ソフィアが実際に垣間見た日本の業界人が本当にああだったというなら何も言えないし、彼女の気持ちもわからなくもないけれど、でも、どれだけスタイリッシュだろうが、おしゃれだろうが、ほかの国の描き方にその人の知性が表れると思う。言葉がわからない異国の地ジャパンで、白人二人で心を通わせてんじゃねえよ。10年以上前の作品とはいえ、いまだにどうかと思います。

そういうわけでですね、どこにいても楽しそうにしているカーリー、ほんといいよね。しかも、我々にはもう素敵でもなんでもないものさえ素敵に見せるという高等テクを楽々と。鎌倉の大仏でさえ、また行ってみたくなったもん。

逆に、ソフィアの姪にあたるジア・コッポラが監督した「ユア・タイプ」のミュージックビデオのカーリーは、夢を追う孤独な女の子で、ずっと無愛想にしている感じがよかった。「ラン・アウェイ・ウィズ・ミー」とこの曲からぐっとあか抜けて、新しい段階に入った気がする。というか、この二曲と「アイ・リアリー・ライク・ユー」が同じアルバムに入っていることに時空の歪みを感じる。トム・ハンクスを投入するなどのマス受け戦略も大事だけど、彼女自身の個性でこれからもっと愛されていく人だと思う。

この世のすべての「おじさん」に見せたい

　ある日、自由が丘駅の構内で「都会の女はみんなキレイだ。でも時々、みっともないんだ」と書かれた、東急電鉄の化粧マナーについてのポスターを見かけた。地方から出てきた女の子が、電車の中で化粧している女性を浮かない表情で見つめている写真が使われていた。目にした瞬間、すごく嫌な気持ちになった。まず「みっともない」という表現が私は大嫌いだし、女同士の対立として描いているのも腹が立つ。それに、広告の車内はガラガラで、化粧中の女性は隅っこに座っていた。この広告をつくった人たちは、時間がない女性たちの、車内で化粧をしなければならないさまざまな事情を少しは想像したのだろうか。仕事に行く前に化粧をする＝睡眠時間を削る＝命を削る、ぐらいのところまでイメージしてほしい。

　その後、ほかの性差別的な広告と並んでこの広告もしっかり炎上したが、炎上はせずとも性差別的な表現は社会に溢れている。ポリティカル・コレクトネスという言葉は日本でも浸透してきたけれど、同時に、「自由に表現できなくて窮屈だ」「がんじがらめ」「なんでも駄目になる」といったコメントをよく目にするようになった。でもそれって、これまで自分は社会的に弱い立場にある人たちのことを少しも気にかけていませんでした！　と大声で宣言しているようなもので、むちゃくちゃかっこ悪い。「なんでも駄目になる」なんて、脳内が雑すぎないか。今の時代は特に、他者に配慮しながら面白い作品をつくることは可能であると、多くのクリエイターが次々と証明しているのに。本当にちょっとの理解と優しさで状況は一つ一つ大きく変わるはずなのに。

旧世代の男性二人がグーグル社のインターンになる『インターンシップ』という映画のあるシーンを見た時に、私はそのことを痛感した（眼鏡をかけたディラン・オブライエンの素晴らしさも痛感した）。

ネット世代でオタク気質な若者たちに現実の体験を教えようと、おじさん二人は彼らと夜遊びに繰り出す。結果的に、ストリップクラブで羽目を外すというよくある展開になるのだが、そこにたどり着くまでの流れが工夫されていた。まず、情報を教えてくれた中華料理屋の店員の言葉を聞き間違え、ただのダンスクラブだと勘違いしたことになっている。そしてグループに一人だけ女の子がいたのだが、普段から性に奔放なキャラである彼女に、大丈夫だとは思うけど、帰りたくなったらすぐ帰ろう、と言葉をかける場面をちゃんと入れていたのもいい。これだけで私、このシーンがすごく見やすかった！　作品の中で彼女に気をつかうことは、それを見ている現実の私に気をつかってくれたのと同じことだ。

ちょうど同時期に、アン・ハサウェイとロバート・デ・ニーロの『マイ・インターン』も見たのだけど、仕事を頑張っている女性のことを周囲の人間はどう思い、どうサポートするべきか、デ・ニーロが一から十まで体現してくれるという、フェミニズムの教科書みたいな作品でびっくりした。私にもこのデ・ニーロください。すべての職場にこのデ・ニーロを設置してください。

この映画を見ないと社会に出られないシステムにしてください。

女性の仕事を全身全霊で肯定する、ラストの展開も素晴らしい。男社会だといわれるハリウッドで長年映画をつくり続けてきた60代のナンシー・マイヤーズの、こういう作品、あんたらのためにつくったる！　という気概をびしびし感じた。

他者に気をつかわないことが、大切にしないことが、「自由」だなんて時代はとうに終わっている。今必要なのは、『マイ・インターン』のデ・ニーロのように柔軟な心で新しい世界を観察し、自分にできることを見つけようとする姿勢である。最先端のネット世代と旧世代をつなぐ二つの映画が、どちらも他者への優しさや思いやり、想像力を作品内に張り巡らせていたことは、とても象徴的だと思うのだ。

いまごろ『フレンズ』

90年代半ば、アメリカに2年間留学していた頃、大ヒットしていたのが『フレンズ』だった。寮生活をしていたのだが、ドラマの放送日になると、寮生たちは先生の部屋に集まって見せてもらっていた。しかし、あの六人が早口で話しまくる内容は、アメリカに来たばかりの高校生には難易度が高く、何が何やらさっぱりわからず、ドラマの中と外で笑い声が起こるたびに、取り残された気持ちになったものだ。フィービーがどうやらすごく面白いらしい、という印象だけがあった。それでも、その時期は、『フレンズ』のキャストが出演している映画も次々と上映されていたため、なんだかんだ目に触れる機会が多かった。

20年後、Netflixに加入した私は、食事や休憩の時間に軽い気持ちで視聴できるドラマを求めて、なんとなく『フレンズ』を何話か見てみた。え、こんなに面白いドラマだったの、と驚いた。ロスとモニカが兄妹だったこととか、誰と誰がルームシェアをしていて、誰と誰が違う建物に住んでいたのかなど、基本的なことを今さら理解し、妙に大人になった気がした。その後は熱に浮かされたように、休憩＝『フレンズ』タイム、という方程式で毎日見続け、あっという間にシリーズ10年分を消化。ほかのドラマや映画で引用されまくっている『フレンズ』ネタも、ばっちりわかるようになった。

やっぱり自分が90年代の人間だからかな、とここにきてこのドラマにはまったことを少し恥ずかしく感じていたのだけど、ある日、アメリカのウェブマガジンでこんな記事を読んだ。テレビの批評家である30代の男性が母校に講演をしに行った時、Netflixで何を見ているのかと生徒に聞いたところ、ネット世代である高校生たちは、勢いよく、『フレンズ』と答えたそうなのだ。どうやら、私がはまったのもただの懐古趣味ではなく、『フレンズ』は驚異的なことに、今現在も新しいファンを獲得し、この20年間で最もヒットしたドラマとして君臨し続けているらしい。

考えてみれば、それもそのはずだ。『フレンズ』は20年前からかなり新しいことをやっていた。主人公のロスの妻キャロルは結婚してから自分がレズビアンだと気づき、恋人のスーザンと暮らすため離婚。その後、お腹にロスの子どもがいることが判明するが、女二人で育てていくことを選択する。彼女たちが結婚式を挙げる際に、式を意図的に欠席したキャロルの父親にかわって、ロスは彼女をエスコートする役を引き受ける。フィービーは、腹違いの弟がだいぶ年上の女性と結婚したため、彼らのために代理母になり、三つ子を産む。今のドラマだったらもっと周囲が自然に受け入れるような描写にするだろうな、とか、これは今だったらジョークにならないな、という、アウトな場面ももちろん少なくないし、キャストも圧倒的に白人が多いけど、それでも当時としては多様性に関して肯定的なのが伝わってくる。

メインの六人も、男性三人が、本当はそうでもないのに「男らしく」あろうとがんばっているエピソードが何度も登場するし、女性三人も性生活を当たり前のように楽しみ、開けっぴろげに何でも語る（でも後から気づいたのだけど、あれだけ何でも語っているようで、しかもルームシェアをしているというのに、生理についての言及はほとんどない。チャンドラーが見るはめになった謎のフェミ一人芝居は「はじめての生理」からはじまるけど、明らかに〝イタいもの〟として扱われている。ちなみにこの〝イタい〟女性役を『マーベラス・ミセス・メイゼル』のスージーこと、アレックス・ボースタインがやっていたことが、私的には胸熱である）。

私の大のお気に入りは、異常なほどのきれい好きで整理マニアのモニカだ。『フレンズ』とはモニカの素晴らしさのことである、と断言したい伝説的なキャラだと思う。古臭さが特に目立って不満なのは、ロスとレイチェルの恋愛模様で、なんだかんだいって一番大切なのは恋愛、という時代のドラマだよね、とこっちがしんみりするようなラストに着地してしまう（ロスはレイチェルのキャリアの邪魔を二回もすんな！）。恋愛が悪いわけではなくて、10シーズンの間にあんだけぐだぐだになった二人の関係性を、今さら「真実の愛」にまとめられても納得いかないということだ。今もしシリーズが新しく製作されたら、『フレンズ』の面々はどうなっているのか、すごく見てみたい。

ノーモア自己犠牲！

２０１６年に見た映画を思い返してみると、『ルーム』『裸足の季節』『10クローバーフィールド・レーン』と、監禁（からの脱出）映画が多かった。どれも女性の（自らの力での）解放をテーマとしており、もちろん素晴らしかったのだが、ある日、内容を知らないままＳＦ映画『エクス・マキナ』を見た私はのけぞった。これもまた監禁映画だったのだが、これこそが、上記のどの作品よりも、被害者である女性に「背負わせない」映画だったからだ。

私たちは、自己犠牲の物語が大好きな世界に生きている。現実でも、フィクションの世界でも。人工知能でさえ、この自己犠牲の物語から自由になれない。心を持たないロボットが垣間見せる〝人の心〟で感動させようとする作品がこれまでにもつくられ続けてきた。私は幼い頃、『ドラえもん　のび太と鉄人兵団』に出てくる冷徹な美少女ロボットが、自己を犠牲にして人類を救ってくれる展開に大号泣したのだが、今ならこう思う。リルル、人類なんて滅びていいから、おまえが生きろ。

私たちの世界は、自己を犠牲にせず、助かろうとした女性に特に厳しい。最近では、そんなのおかしいだろという流れがあるし、２０１５年に大ヒットした『マッドマックス　怒りのデス・

ロード』や前述の映画たちのように、女性が全力で助かろうとすることを肯定する作品が次々と生み出されている。けれど、その過程で、彼女たちに背負わせすぎだろうと感じる時がある。

たとえば、『ルーム』では、母親が息子と一緒に自分も助かるために計画を練るのだが、その後彼女は、どうして息子だけ先に脱出させてやらなかったのか、という批判にさらされる。希望を失わず、息子に健やかな身体能力と知性を与えることを忘れなかった聡明な女性が、ようやく自由になったのに、その批判を苦に自殺未遂をし、「駄目なママでごめんね」と守り続けた息子に謝らなければならないなんて。

『10クローバーフィールド・レーン』は、主人公が機転とＤＩＹ精神を武器に、彼女を征服しようとするさまざまな存在と戦う快作だが、最後の展開の格好よさにしびれつつも、少しは休ませてやれよと、ちょっと思った。最高最強の『マッドマックス』だって、フュリオサがどれだけのものを背負わされたか。全方位に気をつかわなければ女性は自由になってはいけないなんて、冗談じゃない。どうしてすでに被害者である女性が、さらに背負わないといけないのだろう。

『エクス・マキナ』は、その点に恐ろしいほど意識的だった。一人の男の実験のため、もう一人の男の好みの〝女性〟として創造されたアンドロイドのエヴァは、男側が要求したゲームに言われたとおりに参加し、言われたとおりに勝利したのに、要求をはねつけられる。怒って当然だ。〝悪人〟と〝善人〟として二人の男が登場するのだが、〝善人〟であるはずの男がいかに偽善的で女性の置かれた状況にまったく理解がないか、という現実世界あるあるも、拍手喝采したいほど的確に描かれている。無自覚に主導権は自分たちにあると思い込んでいる傲慢な〝男社会〟に囚われた彼女がどう戦い、何をどう選択するのか。あまりにも刺激的な映画体験だった。

ジェンダーや人種に偏見がないエヴァの言動は両義的に見えるところもあり、当事者である彼女の視点に徹頭徹尾寄り添わなければ、解釈をどこかで間違いかねないという、鋭いつくりになっている。歴代のアンドロイドに対する彼女の行動がひどいという意見も目にしたが、そのアンドロイドたちがどういう状態か、ほかの場面でちゃんと説明がある。アメリカでは、これはフェミニズムの寓話だが、ホワイト・フェミニズムではないかという批評もある。でも、忘れてはいけない。エヴァは被害者である。どんな批判であろうと彼女にぶつけるべきだろうか（あとアンドロイドである彼女に〝ホワイト〟はなんの意味があるだろうか）。『エクス・マキナ』は観客の批判も含めて現代社会の縮図になっているという、死ぬほどクレバーな作品で、最新型フェミニズム映画として称えたい。

『赤い靴』と女性の「両立」問題

２０１７年の2月末に一週間ほどイギリス出張（ＪＡＰＡＮ ＮＯＷなど、日本文学に関係するイベントのツアー）があったのだが、その依頼のメールが飛び込んできて真っ先に私がしたのは、その頃イギリスで上演しているはずのマシュー・ボーンの『赤い靴』のスケジュールを調べることだった。見ると、ロンドンではもう上演が終わっているが、ちょうど今回イベント出演のため訪れることになっているノリッジの街でツアー中だとわかった。惜しいことに、私のイベントの日程とはかぶっていない。でも、３日ほど前乗りすれば、『赤い靴』を見ることができる！

というわけで、ロンドンから列車で2時間半揺られ、私はなんとかノリッジの街に到着した。けれど、Ｗｉ-Ｆｉがあるところだけでアイフォンを使用することにしていたので、自力でたどり着こうとしたホテルが早速見つからない。まだ夜の7時とはいえお店もほとんど閉まっている暗い街に怯え、通りがかった長身、白髪の年配の男性二人に道を聞いたところ、自分のアイフォンで調べながら、ものすごく丁寧に教えてくれた。先に進みはじめてちょっとしてから不安になって振り返ったら、まだこちらを見ていて、まっすぐ、まっすぐ、と大きな手振りをしてくれた。

次の日は、市場で強風にあおられながらフィッシュ・アンド・チップスを食べたり、かわいらしい個人経営のお店で買い物をしたりして、夜のバレエ公演まで待機した。小さな街は中世の教会がいくつも残っていて、街並みも本当に素敵だ。

そして迎えた『赤い靴』。ノリッジ・シアター・ロイヤルという劇場だったのだが、入ってみてまず驚いたのは、客席の白さだ。古めかしい座席は赤いのだが、観客の平均年齢が軽くオーバーセブンティだったため、美しい白髪の海が広がっていたのだ。制服を着た学生の女の子や同年代の人たちもいるのだが、彼らを足しても、平均年齢はびくともしなさそうだった。そして、途中の休憩時間には客席でまさかのアイスが売られ、観客の多くがアイスを食べはじめる。どうやら恒例らしく、休憩時間になった瞬間、後ろの席の人が「アイス食べたい」と言いだしていた。ご高齢の男女がバレエを見に来て、楽しそうにアイスを食べている中に混ざれて楽しかった。公演を二回見たのだが、次の日の昼の回は、推定で80歳は過ぎているだろう女性が一人杖をつきながら隣に座り、第一幕の途中で少し居眠りするも、休憩時間はしっかりアイスを食べ、終わったらまた一人で帰っていった。

肝心のバレエ作品は、1948年の映画『赤い靴』と同じ物語で、才能あるプリマに恋人ができたことで、恋愛とキャリアの板挟みになるという悲劇だ。悲劇なのだけど、バレエ団に入ったばかりの活気ある練習の模様やツアーの日々、またそのバレエ団が上演するバレエ作品が実際にステージ上で次々と展開されるので、華やかでめまぐるしくて、夢中になる。衣装も、大好きなダンサーたちがカラフルでかわいい衣装にどんどん着替えるので、なんだこれは、最高の着せ替え人形か！　とうっとりした。二列目で見た、露出の多い練習着姿のリアム・ムーアは超絶エロかった。

映画版のプリマは、「両立はできない」「二つは追えない。君はバレエを選んだ」「平凡な主婦になれ！　子育てに追われて踊りは忘れろ！」と追い込まれ、列車が迫り来る線路に飛び込む。女性にどちらか片方だけを選ばせることは死にも等しいんだ、といった解釈もできる。古典作品を現代的なアプローチで改編させたらピカイチのマシューが、このラストをそのまま残したことについてはしばらく考えてしまった。それから、もしかしたら、マシューは変える必要がないと思ったのではないかと想像した。女性の置かれた境遇が今も昔もそんなに変わらないから。家庭と仕事の両立はできるのかと責められてばかりで、両立できるようにサポートしてもらえる機会はとても少ない。だからこの作品は、変えようがないのだ。『赤い靴』を見ると、片方だけ選ばせるな！　という切実な気持ちで胸がいっぱいになる。

「女は丸腰で外出するべからず」

『ゴーストバスターズ』が女性キャストでリブートされると発表された時、ものすごく興奮した。メリッサ・マッカーシーとクリステン・ウィグは、ポール・フェイグ監督と『ブライズメイズ史上最悪のウェディングプラン』でタッグを組んでいるから当然という気がしたけど、ケイト・マッキノンとレスリー・ジョーンズの起用には本気で驚いた。まず、レスリーはその頃『サタデー・ナイト・ライブ』のレギュラーになったばかりだったから、ほとんど無名に近い存在だったはずだ。そして、怪物級の活躍だったクリステンが『サタデー・ナイト・ライブ』を去ってから、こいつ、すげえ、とネクスト・クリステン的な評価を獲得していたケイト（メリッサもホストとして登場しているので、新バスターズは全員この番組に関係している）は、私の最大の推しだったのだ。

84年生まれのケイトはレズビアンであることを公表している。『サタデー・ナイト・ライブ』で、シャーリーズ・セロンやリース・ウィザースプーンなどのオスカー女優がホストの回になぜかわざわざやる、猫の保護センターのレズビアンカップルがいちゃいちゃしながら猫の紹介をするCMパロディが私は大好きだ。ジャスティン・ビーバー、ジョディ・フォスター、ルース・べイダー・ギンズバーグ最高裁判所判事などの物真似もめちゃくちゃ面白くて、私は、ソフィア・ベルガラがホストの回でケイトがやった、ペネロペ・クルスの物真似で彼女のファンになった。ケイトはどんな役の時もとにかく奇妙で、ずれていて、異質としかいえない魅力がある。お気に入りはたくさんあるけれど、映画『カサブランカ』の、イングリッド・バーグマンのパロディには爆笑してしまう。はやく飛行機に乗りたいがためにそわそわしていて全然ハンフリー・ボガートの話を聞かず、映画史に残る「君の瞳に乾杯」という彼の台詞の時も目を合わせもしない。彼女をバスターズにしようと考えるのがすごいし、それを実現してしまったのがさらにすごい。というわけで、発表の段階でもう泣いた。

しかし、男性キャストを女性キャストに変更という事態になると、オリジナルの〝ファン〟や性差別主義者がだまっていない。それ以降、新たな情報が解禁されるたびに批判が巻き起こり、映画が公開されると、さらにヘイターたちの妨害行為が加熱した。特に黒人女性であるレスリーに対するネットでのバッシングは酷く、最終的には彼女のウェブサイトがハッキングされるという犯罪行為まで行われた。

そんな出来事ばかり耳に入る中、私はリブート版を見に行った。新しい『ゴーストバスターズ』は最高だった。ただただ楽しくて、面白くて、観客はみんな笑っていた。こんなに楽しいだけの幸福な映画を、男性キャストが女性になったという小さなことで、冷静に鑑賞できない人たちがこの世にたくさんいることが悲しくて仕方ない。でも、私たちはその波に飲み込まれずに、この大きな幸せに浸るべきだ。バスターズの四人とも個性的で、自分の信じたことを貫き、仲間を守り合う。衣装もそれぞれテイストが違い、そのバラバラな感じがすごくよくて、私ももう一生自分の好きな服しか着ない！　という気持ちでいっぱいになった。

　そしてメカ担当のホルツマン役として、多くの観客のハートを撃ち抜いたケイトは全編にわたり発光していた。ホルツマンがスイスアーミーナイフを手渡しながら、「女は丸腰で外出すると危ない」というので、私もすぐに買いました。ホルツマンの言うことは絶対。彼女の大活躍アクションシーンは格好よすぎて、涙がだらだら出てしまう。レストランの窓ガラスを引き戸と思い込んで開けようとするクリステンに、「科学者なのに哀れね」とセシリー・ストロング（彼女も『サタデー・ナイト・ライブ』のレギュラー）が静かにツッコミ続けるシーンがツボだった。

　面白いだけではなく、ジェンダー問題や人種問題も盛り込んだ脚本を監督と共同執筆したのは、私の中でフェミニズムドラマの傑作として名高い『パークス・アンド・レクリエーション』の脚本も担当していたケイティ・ディポルドだ。結局、私は映画館に三回足を運んでしまった。こうなったら、意地でも、同じ監督とキャストでリブート版の続編をつくってほしい。

女性の日常はホラー映画

２０１７年の夏頃、内容をまったく知らないままイランとアルゼンチンのホラー作品をNetflixで続けて見ていたら、そのどちらもがフェミ映画で驚いた。いまだにその二作品が深く印象に残っている。

イラン・イラク戦争時に、自宅に女子生徒たちを集め、禁書となった本の読書会を開いたアーザル・ナフィーシーによる回想録『テヘランでロリータを読む』は私にとってとても大切な本なのだが、この本を読むと、当時のイランの女性たちが直面した抑圧の日々についてよくわかる。以前の王政下では西洋的近代化が推奨されていたのだが、79年のイラン革命によって、女性たちは再びヒジャブの着用を義務付けられた。公の場で笑うことや化粧も禁止。風紀取締隊が常に目を光らせ、身体検査や投獄、処刑が日常的に行われた。自由を奪われた彼女たちは恐怖と屈辱の日々を送り、翌年には8年に及ぶイラン・イラク戦争が勃発。本の中の女子生徒たちは、部屋の中でヒジャブを脱ぎ捨て、大好きな本をむさぼるように読んで、語り合う。イランを舞台にした『アンダー・ザ・シャドウ』は、この戦時下に、テヘランに住む母と娘が体験した恐怖を描く作品だ。

医者志望の主人公シデーは、革命時の政治活動が問題視されて復学することができず、先に医者となった夫は、挫折した彼女に理解を示さない。シデーは部屋ではカジュアルな格好をし、日々の鬱屈を晴らすかのように、ジェーン・フォンダのエアロビをやっている。空爆が続く中、娘のドルサがジンというお化けに怯えはじめるのだが……。

この映画がすごいのは、戦争はもちろんのこと、女性が経験する抑圧をすべて、「ホラー」として描いてみせたところだ。戦争、男社会、ジェンダー規範などがシデーに「ホラー」として襲いかかる。彼女はミサイルに怯える日々を送りながら、キャリアやワンオペ育児に深い挫折感を抱いている。ジンというお化けも全身がヒジャブに覆われていて、まるで女性たちの抑圧を象徴した存在のようだ。ジンはシデーの劣等感を刺激し、あらゆる方法で彼女の自尊心を砕こうとしてくる。娘を抱え、必死で外に逃げても、取締隊は助けてくれるどころか、ヒジャブをかぶり忘れたシデーを責め、彼女を連行する。ようやく家に帰った彼女が、鏡に映った自分のヒジャブ姿をお化けかと思い、驚くシーンには、ここまでやるんだと感動した。八方塞がりで、まさにギリギリの母娘が奮闘する姿に胸が熱くなった。

また、アパートのガレージの扉を、シデーがちゃんと閉めないと大家の男性がなんども注意するのだけれど、それはなぜなのかという小さな謎も、男社会に生きる女性が日常的に経験する困難として、とても雄弁だった。ホラーが苦手な友人にもすすめてみたところ、「ホラーは苦手だけど、フェミホラーなら大丈夫だった」と感想をもらった。

アルゼンチン映画『ハイパーソムニア』は、女優志望の女性が演出家の男性の「芸術」に身を捧げるうちに、もう一つの恐ろしい世界に足を踏み入れてしまう、というあらすじで、伊藤潤二や楳図かずおのホラー漫画っぽいテイストもあった。ただ、はじめは、あまりにも演出家の言動が陳腐で前時代的（ヌードになったら「一皮向けたな！」みたいなノリ）だし、とにかく女性がひどい目に遭う（なのでみんなに見てほしいとは言えない）ので、このまま終わったら許さねぇからな！　と警戒しながら見ていたのだが、終わった後は、陳腐なB級スリラーのふりをしてこれがやりたかったのか、としみじみした。見るのがつらくなるシーンも、ラストのためにわざとやっていたことがわかる。私の中では、志のある『エンジェルウォーズ』、という位置づけです。変態演出家の「芸術」と性犯罪を明確にイコールで結び、どっちも同じことだと断言しているのが、本当に尊い。

この二つの作品に出会わせてくれてありがとうNetflix。私はこれからもフェミホラーを発掘していきたい。

ハイヒールで恐竜に勝った女

『ジュラシック・ワールド』を映画館で見た時、あるシーンで腑に落ちない気持ちになった。この映画のヒロインであるクレアは、白いシャツに白いスカート、ベージュのハイヒールをはいていて、いかにもサバイバルできなさそうな格好で登場する。管理していた恐竜たちが逃げ出すというやばいトラブルが発生した後、彼女はヒーローであるオーウェンと事態の調査をするために外に出る。クリス・プラット演じるオーウェンは彼女の格好を見て、「その靴じゃ2分ともたない」と言う。私もそりゃそうだと思った。何しろ、ジャングルでハイヒールをはいているのだ。その理由は後半に判明した。なんと最も凶暴とされるティラノサウルスに追いかけられたクレアは、ハイヒールをはいたまま走って恐竜に勝ち、みんなのピンチを救うのである。つまり、「その靴じゃ2分ともたない」はまさかの伏線だったのである。

想像してみてほしい。ハイヒールで恐竜と短距離走をして勝つ女を。クレアが大激走をしても、ハイヒールは脱げもしない。おそらく、動きやすい「男性らしい」服装に着替えなくても、男の真似事をしなくても、彼女なら「女性らしい」普段の格好のままサバイバルできる、女性は強いんだ、ということを打ち出したかったのだと思う。でも、「女性らしさ」の象徴がハイヒールだったことが残念すぎる。

なぜならハイヒールであの大激走は普通に無理だからだ。そんなことが可能なら、陸上選手も普段からハイヒールで走るだろう。そんな人おらんだろ。上下白い色を着ているのも露骨だし、その服も最後まで着替えない。ハイヒールを脱いで、普通に動きやすい格好に着替えるシーンをつくっても、女性性を否定したことにはならなくないですか。我々普通に着替えますよね、用事に合わせていろんな格好しますよね、ハイヒールは走ったら脱げるものですよね。「女性らしさ」って、人それぞれ違うフレキシブルなものですよね。特にこんな非常事態に、女性＝ハイヒールという方程式を当てはめられても困るよ。ハイヒールやパンプス着用が義務づけられている職場みたいに、どんな時でも女性は「女性らしい」格好で超人的な働きをしろ、とがんばりを押しつけられているように解釈することだってできる。「その靴じゃ2分ともたない」なんて前フリまでかましてこんな謎のシーンをつくる必要は果たしてあったのだろうか。ちなみに、同時期に公開されていた『ミッション：インポッシブル／ローグ・ネイション』では、大活躍する女スパイのイルサがアクションに入る前に靴を脱ぐというシーンをわざわざ何回か入れていて、女性の描き方として圧勝だった。

ただ、だから『ジュラシック・ワールド』が嫌いかというとそうでもない。クレア役のブライス・ダラス・ハワードが、さすがこれまでに『ヴィレッジ』や『レディ・イン・ザ・ウォーター』などシャマラン監督のぶっ飛んだ設定の作品世界にリアリティを与えてきた人だけあって、何もかも超越したかのような凄みのある走り方をするし、ハイヒールのまま恐竜に勝利する女というすごく変なものを見られたからだ。そんなわけでわりと面白い思い出になっていたのだが、それから1年後、西部劇である『マグニフィセント・セブン』を見ていたら、敵との闘いの準備を進めている時に、ガンマンのひとりであるクリス・プラットが、ロングスカートをはいているヒロインのヘイリー・ベネットに「ズボンにはきかえた方がいい」と言い出した。嫌な予感がしていると（あとなんでどっちもクリプラなの）、案の定、最後の闘いにも彼女はロングスカートのまま臨んでいた。危ないから着替えて！　女性は女性のままで強い、という表現を、「女性らしさ」といえばハイヒールやスカートだなと雑な解釈でやられても困るっていうか、目が点になる。あと無茶なものはどうであろうと無茶。安全第一。

絶対に伝わるという強い気持ち

ここ数年、1年に一度は仕事で海外に行く機会がある。一定期間、現地でいろんな人と話したり、帰ってきてからもメールやSNSで知り合った人たちとやりとりしたりしていると、言語というのは、ある意味、ただのツールだなと感じる。

特に、マカッサル国際作家フェスティバルに参加するために行ったインドネシアでそれを感じた。インドネシアでは、人々の多く、特に若い世代は英語とインドネシア語を両方使う。私も英語で話していたが、口の中がしんどくなり途中で盛大にサボり出したら、仲よくなったボランティアの男の子に「アオコの国には、LとRの音がないの？」と曇りのない眼差しで問われた。出演するイベントで私が通訳を用意してもらっていると、「別にいらないでしょ」と彼らは不思議そうな顔をした。私のほうは、仕事で呼ばれているのだから、完璧に話せないと逆に失礼なんじゃないかという気持ちがあったし、言いたいことと自分の会話力がアンバランスなのも気になった。ところが、最終日のイベントの直前、主催者のリリーさんは私にこう言った。「アオコ、今日は通訳なしにしたけど、大丈夫だから」。ヒッと心の中でのけぞったが、一週間過ごしているうちにちょっと気が大きくなっていたので、トライしてみた。そうしたら、もちろんボロボロだったけど、伝わっているとちゃんと感じられたし、実際大丈夫だった。お客さんの女の子たちともイベントの後に会話し、友達になった。

今は海外のイベントでもできる限り自分で話すようにしているし、あの時強行策を取ったリリーさんにめちゃくちゃ感謝している。完璧じゃなくてもお互いの気持ちがあれば伝わる、ということを私は教えてもらった。

インドネシアの後はアメリカとイギリスに行く機会があったのだが、どの国にもいろんな人種の人が住んでいて、いろんな訛りの英語を話し、英語以外の同じ言語を話す者同士ではその言葉を使う。どちらもわかる人たちだと、いくつもの言語が混じり合い、自然に何度も切り替わる。交流しようとしている人たち同士で通じれば、どんなかたちでもいいのだ。正しい英語なんてない。コミュニケーションに正解はない。

多民族国家であるマレーシアの映画『タレンタイム〜優しい歌』は、高校の音楽コンクール「タレンタイム」を軸に、出場する高校生たちとその家族をめぐる物語が展開する。登場人物はそれぞれ異なる民族や宗教に属していて、マレー語、中国語、タミル語、英語、そして手話が飛び交う。英語と一言で言っても、訛りが違い、イギリスに住む主人公の祖母の話す英語には強いヨークシャー訛りがある。民族ごとに背負うものが違い、宗教間の対立の根は深い。立場が違う人間から見ると、さっきまで普通に見えていた人たちが急に異質な存在になってしまうことを示す演出が、突き刺さる。「違い」をとことん丁寧に張り巡らせたこの作品は、それでも人々に互いを思いやる優しさがあれば、壁なんてないのと同じだという純粋な気持ちを全力でぶつけてくる。

考えてみれば、これまで映画や小説は、伝わらない、ということに作り手が物語性を感じて描いてきたような印象があるけれど、いや、伝わる、絶対に伝わる、と強い信念が込められたこの作品は、だからこそこんなにも私たちの心を直撃するのかもしれない。

「私は国境がきらいです。私は人間と人間とを恣意的に分断することがきらいです。私は、ただシンプルにヒューマニティについての映画を作りたいのです」と言ったヤスミン・アフマド監督の作品を、ぜひたくさんの人に見てもらいたい（彼女は『タレンタイム』を遺作として、2009年に亡くなった）。相手への優しさや愛があれば、言語や民族や宗教の違いは越えられるというただただまっすぐなメッセージが、今の社会情勢の中で、どれだけ光り輝いて見えることか。彼らが奏でる音楽が、どれだけ美しく響くことか。あのアメリカのトランプとかいうおっさんに一万回見せたい。

あと、『タレンタイム』公開に合わせて企画されたヤスミン・アフマド特集上映で、『ムアラフ』という作品を見たのだが、とても心に残った場面がある。訳あって周囲の人に住居を明かしていない主人公はパブで働いているのだが、もう一人の女性店員は人気のある彼女のことを快く思っていない。店主の男は主人公の肩を持っていたくせに、いざ彼女に危険が迫るとさっさと逃げ、身を呈して彼女の秘密を守ろうとするのは、その女性店員だ。女性店員は怪我をしたにもかかわらず、生活に困っているに違いない主人公の元へお金を届ける。私が驚いたのは、映画の中で、その女性二人が親しく言葉を交わす場面が一度もなかったことだ。主人公は女性店員が自分の身を守ってくれたことも、お金を届けてくれた張本人であることも最後まで知らないまま。宗教的な無私の愛の実践でもあるのだろうけど、私は「友情」を感じた。そして、その女性同士の友情を、仲良しグループや親友など、わかりやすいバリエーションで提示しなかった監督の表現に、とても感銘を受けた。

未婚とか既婚とか

２０１７年の８月は、イギリスのノリッジで過ごした。ライターズ・イン・レジデンスと呼ばれる、一定の期間現地に滞在して自由に書いたり、翻訳したりしてもよい、というプログラムに参加したからだ。中世の街並みがそのまま残るノリッジは、カズオ・イシグロやイアン・マキューアンなどさまざまな作家が創作を学んだイースト・アングリア大学があり、文学や翻訳に力を入れている街だ。この街にゆかりのある作家や翻訳家はとても多い。

そんな街で、一カ月の間ミルクティーばかり飲んでいて、すっかりミルクティー中毒になってしまった。普段私が忌み嫌っている、日本でミルクティーを頼むとコーヒーフレッシュが出てくる謎の現象など、ここではありえない。映画館の中のカフェでも、ミルクティーを頼むと、でんと置かれた牛乳のパックを傍らに、茶葉がでるまでちょっと待てと、店員さんがティーバッグのひもをぶんぶん振ってくれた。スコーンもクッキーもどこで食べても買ってもおいしくて、うまい！ といちいち驚いた。

イギリスに行く前、なぜ女性は未婚か既婚かが問題になるのだろうかと、私はよく考えていた。きっかけは、ムーミンのシリーズをこの世に生み出したトーベ・ヤンソンが「生涯独身」だったと紹介されている文章を読んだことだったのだが、トーベにはトゥーリッキ・ピエティラという同性のパートナーがいて、彼女が人生の伴侶だった。『ハル、孤独の島』と『トーベとトゥーティの欧州旅行』という、二人が小さな島で暮らした記録と、何度も出かけた旅行の記録のドキュメンタリーがある。見ると、二人がとにかく楽しそうで、一緒にさまざまなことを経験して、見て、笑い合っていたことがわかる（ちなみに、『島暮らしの記録』という本の日本版には、トゥーリッキは「親友」と紹介されている）。こんなに幸せに暮らしたのに、世界中から愛される作品をたくさんつくったのに、「生涯独身」といまだに書かれていることに、とても違和感があった。

そういうことを考えていて、小説にしたいと思っているとレジデンスの主催側であるケイトさんに話したら、彼女はマリアンヌ・ノースについて話してくれた。マリアンヌ・ノースは19世紀の女性画家で、父親が亡くなった後、世界中を旅して、絵を描いた。ちょうどその頃私が翻訳しようとしていた、19世紀イギリスの女性差別をユーモアと皮肉たっぷりに描いたジャッキー・フレミングの『問題だらけの女性たち』にも彼女が登場するので、調べてみたところ、ロンドンのキューガーデンに彼女のギャラリーがあることがわかった。ギャラリーのホームページで、彼女は「未婚」と紹介されていた。どうしても見に行かなくてはいけないような気がして、思い立って彼女のギャラリーに行ってみた。

マリアンヌ・ノースのギャラリーは、情熱の館、と呼びたくなるような場所で、壁という壁すべてに彼女が世界中で描いた絵が飾られていた。ものすごい数、そして色彩だった。彼女の絵は生き生きしていて、私描く、これも描く、これも描きたい、と自分の心に正直に描いただろうことがよくわかった。世界をたくさん愛した人だったんだなと感激した。「未婚」である女性が、これだけのことを成し遂げたのなら、「未婚」であることはすごいことだ。結婚していたかどうか、子どもがいたかどうかを引き合いに出されるのは、とても陳腐なことだと、しみじみ思った。

イギリス滞在中、私は楽しそうな女性たちをたくさん見た。ナショナル・トラストの施設になっているヴァージニア・ウルフの家では、見ているこっちの心が晴れるような花柄の服を着た70代ぐらいの女性二人が、じっくりと家を見学した後、「お茶飲みましょ！」と軽やかに去っていった。イギリスの女性たちは、「おばちゃん」「おばあちゃん」用の服を着ている人が少なくて、30代以降はずっと同じ雰囲気の服装をしてきたんじゃないかな、と感じさせるような素敵な人が多かった。未婚か既婚か関係なく、すべての女性が自然に、楽しく暮らせるような世界がいいなと強く思いながら、日本に帰ってきた。

私が「アジア人」じゃなかった瞬間

2017年の秋、一週間弱だけど、再び『Monkey Business』の刊行ツアーでカナダのトロントに行った。あの時トロントの街で経験した〝感じ〟が、いまだに忘れられない。

その二週間前まで、私は一カ月間イギリスのノリッジに滞在していた。ロンドンから電車で数時間の地方都市であるそこは、素敵な街だなあと散策して部屋に帰ってテレビをつけると、「みんなロンドンにいっちまった。俺は一体どうすりゃいいんだ」という物悲しさしかない歌を、ローカル歌手がこっちをじっと見つめながら歌っていたりする街だ。とても幸せな一カ月間を過ごしたけれど、やはり田舎町なので、アジア人の私はジロジロ見られることがあった。特に年配の人たちは、カフェや街中で気さくに声をかけてくれることが多かったが、「アジア人」としての私に声をかけているように時々感じた。

たとえば、中華料理屋のショーウィンドウがかわいかったので写真を撮っていたら、70代ぐらいの白人男性が近づいてきて、「君でもこれに興味を持つの？」と聞かれた。アジア人なのにアジアのものがめずらしいのかと不思議だったのだろう。「これはチャイニーズのお店で私はジャパニーズだから」と思わず説明したら、彼は「なるほど、興味深い」などと言いながら、近くのパブに吸い込まれていった。後で、なんで自分は変な説明をしたんだろうと思った。ただ「かわいいから」でよかったのに。

ほかの日、大聖堂についている近代的なトイレのドアが開かなくて、私があれと思った瞬間、シスターに声をかけられた。「ここに書いてある通りに数字を押して……そうか、読めないのね」と、彼女はドアに貼られている紙を指差して、教えてくれようとした。イギリス的な出来事と呼べるのかもしれないけど、太字で「パスワード###を押してください」と書けばよいところを、その紙には小さな字でドアがパスワードなしでは開かない理由が長々と丁寧に書いてあり、最後に同じフォントの大きさでパスワードが添えられてあった。「読めるのは読めるけど」などともごもご言いながら、私はトイレに入った。

そういう体験が続き、なぜか思い出したのは、日本での数々の出来事だった。東京の書店のレジで白人男性が働いているのを見た小さな女の子とお母さんらしき女性が、「日本語話せるのかなあ、どうなのかなあ」と彼に聞こえる声で言っていたこととか。以前何度か行ったことのある美容院の美容師さんが、日本のアイフォンだけシャッター音が消えない仕様になっているせいで、飛行機の中で窓の外の写真を撮ったら、近くに座っていた人ににらまれた話を私がしたら、「〇〇人の観光客のほうがうるさいですよね」と唐突に言ったこととか（これがきっかけでもう行かなくなった）。最近は、レストランやお店で周りの人が、当たり前のように他の国の人たちについての偏見を話しているのを聞く頻度が明らかに増えた。

さて、私のトロント経験に話を戻そう。街にはさまざまな人種の人たちがあふれていて、いろんな言葉が飛び交っていた。英語もいろんな訛りがある。各々の理由で自国を離れ、この国で自分の居場所を見つけ、パワフルに生活している移民の人たち、そして彼らと共生し街を発展させてきたカナダの人たちの熱が街中にみなぎっていた。これが閣僚の男女比率を同じにした理由を尋ねられて、「2015年だから」とさらっと答えたトルドー首相の国か、といちいち感銘を受けた。もちろん住んでいる人たちからトルドーへの不満も聞いたし、いい部分だけを見たわけでもない。でも、一緒に生きる、と決めた街の力をまざまざと思い知った。

滞在最終日、大型書店に行った。私が探している本を調べてくれた白人の女性店員さんが、「下の階にあるから、このメモを持っていってね」と私を送り出した後、下の階の担当者にインカムで連絡をとっているのが聞こえた。「今から黄色いバッグを持った女性が下りていくからすぐわかると思う」。彼女は私の一番の特徴であるはずの「アジア人」という言葉を使わなかった。使わなくても、下で待っていた男性店員さん（この人も白人だった）は、すぐに私を見つけてくれた。それはとても心地の良い出来事だった。こんなに心地の良いことだとは知らなかった。

カナダからの帰りの飛行機の中で、パキスタン系男性のクメイル（クメイル・ナンジアニ）と白人女性であるエミリー（ゾーイ・カザン）が恋に落ちる『ビッグ・シック ぼくたちの大いなる目ざめ』を見た。その時の私の気持ちにこれ以上ぴったりくる映画はなかった。

デハーンとキリアン

今はもう性別問わず好きな人だらけなのだが、ある頃、映画やドラマを見ていても、好きな女性はどんどん増えていくのに、情熱を傾けたい男性になかなか巡り会うことができない時期が長かった。

そんな私の前に現れたのが、デイン・デハーンである。出会いは2013年の秋。『AKIRA』×『ザ・クラフト』のような作品だという噂を聞きつけ、『クロニクル』を映画館に見に行ったところ、非常に病んだご様子の、謎の繊細青年が私をお出迎えしてくれた。これがデハーンとのファーストコンタクトである。

彼の出演作で、私が愛してやまないのは『キル・ユア・ダーリン』だ。デハーンの魅力をひと言で表すと、とにかく見事な病みっぷりに尽きる。彼が『スター・ウォーズ』の世界に紛れ込んだら、ダークサイドに一瞬で落ちるはずだ。『クロニクル』では彼の心の闇を最大限発揮させるため、学校ではいじめられ、父親には「母さんが死んだのはお前のせいだ」などと言われるのだが、そのデハーンが逆に「全部君のせいだ」というキラーフレーズを放ち、小悪魔的魅力をふりまきまくるのが、『キル・ユア・ダーリン』なのだ。ビート・ジェネレーションの詩人アレン・

ギンズバーグが学生時代に実際に巻き込まれた殺人事件が描かれる本作で、デハーンは、ダニエル・ラドクリフ演じるギンズバーグが恋する青年ルシアン役だ。自由奔放で、傲慢で、暗い目をしたデハーンは、私が映画関係者なら宣伝材料に「こんなデハーンが見たかった！」とでかでか赤字で書いたであろう最強さである。

デハーンにセーラーカラーのニットやチノパン、ピーコートを着せたスタイリストさんは本当にえらい。私は10代の頃、雑誌『Ｏｌｉｖｅ』や長野まゆみ作品にはまっていたこともあり、こういう服装に非常に弱いのだ。この映画を見た後、デハーンが履いていたのと同じようなサドルシューズを買いに走った。深夜の公園でデハーンの頭を肩に乗せられ、「全部君のせいだ」とうっとりした顔で言われたラドクリフは、思わずデハーンにキスをしてしまうのだが、おまえのその気持ちわかる！　と１０００％の共感をラドクリフに寄せた。こんな素晴らしいシーンを映画史に刻んだ監督に感謝状を贈りたい。

ただ、デハーンの髪型にしたい（一時期、私はデハーンの髪型にしていた）と思って画像検索しているうちに知ったのは、映画の中の病みっぷりが嘘のように、現実の彼は地に足がつきすぎてめりこんでいるくらい普通の人だということだ。マリリン・マンソンのように特別な美意識を保って生活している人ではない。学生時代からの恋人とさっさと結婚していて、よりにもよって、趣味はゴルフ。彼のＳＮＳから醸し出される普通臭に後ずさりして、私はいつもすぐに画面を閉じては、映画の中の彼だけを愛そうと強く心に決めること一度や二度ならず。

あれから数年経ち、そんな彼も一児の父親になっている。相変わらず妻ともラブラブで、ＳＮ

Sから垣間見える二人で育児をしている様子に、今ではぐっとくるようになった。デハーン一家に幸あれ。

そして、2017年の後半、私はキリアン・マーフィにはまった。彼が出ている作品はこれまでもわりと見ているほうだったのだが、頬がこけた人だな、という以上の印象を抱いたことがなかった（『インセプション』の時は、うーん、この人妙にエロいなと、トム・ハーディにばかり気を取られていた）。私はローラン・ビネの『HHhH（プラハ、1942年）』という、ナチスの長官ラインハルト・ハイドリヒの暗殺計画「類人猿作戦」を題材にした小説が、人生で五本の指に入るくらい好きなのだが、その「類人猿作戦」を描いた『ハイドリヒを撃て！「ナチの野獣」暗殺作戦』が日本で公開された。それにキリアンが出ていた。映画は熱量と緊張感が半端なく、見終わった後、またふらふらと次の回のチケットを買いそうになったくらいだった。なんとか気持ちを落ち着かせ、映画館の階段を下りながら、私は今、キリアン落ちしたな、とわかった。彼は渋さの権化のようなかっこよさだった。なぜ今まで素通りできていたのか、心底自分がわからなくなった。

その日の夜に見た『ダンケルク』にもキリアンは出ていた。必死に脱出し、生き残ったキリアンが一人船の上に体育座りしている様子を見た私の脳内には、わあ、星の王子さまみたい！という能天気な言葉が浮かび、自分のキリアン落ちにますます確信をもった。

その後すぐ、私は仕事で海外に行った。行きの飛行機の中、かつて私がキリアンに初遭遇した

『28日後…』が映画のリストに入っていたので、ものすごく久しぶりに見てみることにしたところ、いきなりキリアンのオールヌードで始まり、あわわ、まだそれは早いです（注：過去にも見てる）と動揺していると、ちょうど性器が映っているシーンで機内アナウンスが流れ、映像が静止したので死にそうになった。

日本に帰ってきてから、キリアン主演の連続ドラマ『ピーキー・ブラインダーズ』に取りかかった。イギリスのバーミンガムに実在したギャングの一家がモデルのドラマで、兄弟がそれぞれいろんなベクトルにどうしようもない中、キリアン演ずる策略家の次男トミー・シェルビーが、一家をまとめ上げ、鼓舞し、暗黒街でのし上がっていく話だ。人も馬もキリアンがどんどんなだめる。キリアンのなだめ芸が堪能できる。時代も時代だけに女性差別的な描写も多く、普通なら、見てらんねーという感じなのだが、まだシーズン1はギリギリのところで、それはやったらあかんというラインを回避していたので、見やすかった。

でも、シーズン2以降は一気に気が緩んだかのごとく、よくある前時代的な展開になってしまい、女性キャラクターたちの扱われ方に、あぁん？　ちょっと体育館の裏まで顔かしてもらおうか、と腹立たしくなることもしばしばだ。トミーの妻のグレースが諜報員だったことを、ドラマをつくっている全員が記憶喪失になって忘れてしまったかのようだよ。あのギラギラと孤独な気持ちで惹かれ合った二人はどこへいったのか。しかし、正直、どんなシーンもキリアンに見惚れているうちに過ぎてゆく。この原稿を書こうとして、鑑賞時の自分のメモを確認したのだが、「キリアンかっこいい」「話がどうなろうとキリアンかっこいい」みたいなことしか書いていなかった。

キリアンは映画の宣伝などで見せる言動が、この人は社会人としてちゃんと機能しているのだろうか、と心配したくなるほど省エネ（愛想がない、スイッチを切ったかのごとく静止する等）で、そういうところもとても好きなのだが（祖母の96歳の誕生日のために映画祭を欠席した話が最高すぎる）、冷徹で計算高く、感情の変化が見えないトミーの役柄には、人を不安にさせずにおかないその持ち味が最高に生きていると思う。あまりにも無の表情で、次の瞬間泣くのか笑うのか、今どういう気持ちなのか、さっぱりわからない。あの尋常じゃなく澄んだ青い瞳の色がまたそれに拍車をかける。トミーがどうやら幸せらしい時も、本当なの？　といぶかしい気持ちになる。気になって、食い入るように見つめてしまう。最近は、自分が天に召される時は、死神がキリアンの姿をしていたらいいのにと考えている。

心と体はいびつで、愛おしい

　思えば、２０１７年に最も心に残った作品は、ポーランド映画『君はひとりじゃない』だった。女性監督マウゴシュカ・シュモフスカがベルリン国際映画祭で銀熊賞を受賞した本作は、妻を亡くした後、心を閉ざした父と娘が、死者と交流できるセラピストと出会い、もう一度希望を見つけるまでの物語だ。検察官である父は死体を見ても何も感じず、味覚も失ってしまったので、何にでも胡椒をかけて食べる。拒食症になった娘は、自分の体を受け入れられず、やせ細っていく。精神病院に入った彼女は、パンとマカロニをブレンダーで混ぜ、ピューレ状にしたものを食べさせられる。生きることに意味を見いだせないと、食べ物はただの異物に変わってしまう。

　どうして自分は今この場所で生きているんだろう、という答えのない問いを抱くに至った人々の体は居心地が悪そうで、頼りない。全編を通して、人の心と体とは、どうしてこんなにいびつで愛おしいものなのか、と新鮮に驚いてしまうような場面の数々に、一つ一つ圧倒された。心を閉ざしても、食べることをやめても、生きることに意味を見いだせなくても、体は生きている。その呪いと希望に胸がいっぱいになった。逃れようのない自分の肉体以上のものが、この世に存在しているかもしれない、という気づきはとても優しくて、真実はわからないままでも、もうそれだけで救われることもある。

　セラピーを受けている女性たちの体はまるで自分の存在を消そうとしているみたいで、その彼女たちに向かって、セラピストは「自分の体の中の叫びを意識しましょう」と言う。現実の世界でも、自分の体の中の叫びを意識できている人はどれだけいるだろうか。

　その叫びが、鹿の夢となって現れるのが、同じくベルリン国際映画祭で金熊賞を受賞し、アカデミー賞の外国語映画賞にノミネートされたハンガリー映画『心と体と』だ。これがもうほんと、良くて、良くて、良くて！　食肉処理場で働くマーリアとエンドレはある事件がきっかけで、森の中にいる雄鹿と雌鹿が出てくる同じ夢を見ていることに気づくのだけど、この夢の映像が異次元の美しさですごい。検査官として働きはじめたばかりのマーリアは人付き合いが不得意で、常に無表情で直立不動。ロボットのようだとからかわれる。夜、マーリアが食べる暗闇で発光するグミと、始業前、パソコンのバックライトを浴びて光るマーリアが、どちらも異様なものとして、重なって見える。

　エンドレは左腕が不自由なのだが、好きな食堂のメニューについて話した彼に、マーリアは「腕が不自由だから、食べやすいんですね」と率直に言ってしまう。コミュニケーション能力がある人ならば、こういう言い方は避けるだろう。マーリアは他者に触れられることに敏感で、融通がきかない。記憶力が異常に良く、家に帰ってから、塩、胡椒の容器やレゴの人形を使って職場での会話を再現し、一人反省会をしている。この不器用すぎる女性が、はじめて同じ世界を共有する人が現れたことで、自分の中に愛を発見し、変わろうとしていく過程が、ひたむきで、健気で、しみじみと感動的だ。「よく観察し、実践を」というセラピストのアドバイスを生真面目に実践する様が愛おしさ100％。

音楽はどうかとすすめられれば、お店で大量のCDを試聴する（お店の女性とのやりとりがとてもいい）。携帯電話を買う。肉体的接触に困難を覚えるので、練習しようと、マッシュポテトに手を突っ込み、マッシュポテトを感じてみる（この場面、素晴らしい）。そうして、職場の牛、公園のスプリンクラー、ぬいぐるみを次々と感じ、どんどん新しい世界に触れていく。はじめの登場シーンでは、新しい世界を避けるかのように日陰にひっこんだ彼女が、自ら日差しを浴びようと、光の中に出ていく人になる。こんなにも果敢に挑んでいく彼女を応援しない人はいないだろう。変化する心と体の奇跡をぜひ体感してほしい。

お互いがお互いの希望

２０１５年の夏、『マッドマックス　怒りのデス・ロード』が公開された時、海外のツイッターユーザーの、「これってウテナじゃん」という趣旨のツイートが流れてきた。言われてみれば、確かにそうだった。『少女革命ウテナ』は90年代の終わりに日本で放送されていたアニメシリーズなのだが、日本だけではなく海外でも愛されていて、たくさんのファンがいる。『マッドマックス』とこのアニメの共通点は、女性が女性を解放する作品であることだ。「これってウテナじゃん」は、最高峰の褒め言葉なのである。

『少女革命ウテナ』には、「薔薇の花嫁」という、決闘で勝利した者の所有物になる存在が出てくる。ほかの対戦者はみんな、「世界を革命する力」を手に入れるために戦うが、主人公の女子中学生ウテナは、薔薇の花嫁である同級生アンシーを解放するために戦う。アンシーの真意は明かされず、彼女は勝利者の言うとおりにしか行動しない。ウテナの対戦者である男性たちは、「薔薇の花嫁には意思なんてない」と言い、女性を力ずくで手に入れ、支配するのが愛だと信じている。彼らは、女性に甘え、利用し、それを当然だと思ってきた。ウテナだけがアンシーには意思があると信じ続け、彼女の背負ってきた痛みを理解し、自分がいくら傷ついても、友達を救おうとする。そのウテナの姿が、何を聞かれても、「私にはわかりません」と主体性を拒否するように繰り返し、「女の子は結局みんな薔薇の花嫁みたいなものですから」と悟ったように言っていたアンシーを変える。そして、アンシーを解放することは、ウテナ自身を解放することにもなる。「世界を革命する力」とは、女性を解放する力のことなのだ。

パク・チャヌクの監督作品の中では『親切なクムジャさん』が大大大好きだったのだが、彼の最新作『お嬢さん』を見た時、私はしばらくこの映画のことしか考えられなくなったくらい感動してしまった。すべての場面を反芻し、思い出し泣きをし、映画にまつわる情報を検索し、ようやく落ち着いてきた頃に、ふと気づいた。ヴィクトリア朝イギリスを舞台にしたサラ・ウォーターズの小説『荊の城』を、日本統治下の朝鮮に置き換えたこの作品もまた、まさしく「これってウテナじゃん」だったのだ。

『お嬢さん』は、男性たちに長きにわたり「性」を搾取され、消費されてきた女性たちが、そこから逃れて幸せに生きていくために、手を取り合う物語だ。お屋敷に囚われたお嬢様とその侍女として出会った二人の女性の関係性が凄まじく素晴らしく、私は人生ではじめてセックスシーンを見て涙が止まらなくなった。搾取されない「性」の喜びにあふれていたからだ。セックスシーンだけじゃなく、チャヌク監督が意識的に、そして徹底的に男性視点を排除してみせた心意気が全編を貫いていて、ただただ感無量だった。こういう内容の映画で撮り方が男性視点だったら、おまえ、じゃあ、こんな映画つくろうとすんなやと、腹が立つはずだ。逆に、女性視点で見ると、男性側がどう見えるかという、身も蓋もない傑作シーンが用意されており、あのピントの合っていないカットは、私の中で永久に語り継がれることでしょう。自分でもわかっていなかったけど、私はあのシーンに出会えるのを、長い間ずっと待っていたんだと思う。支配や強制することでしか女性を愛することができない男性性を、骨の髄まで哀れみ、笑ってやるという、容赦のないアプローチの数々が最高だった。

　また、ウテナがアンシーの痛みに共感できたように、この映画でも、重要なのは、二人が心を通わせ、お互いの人生の辛さを分かち合った点だ。お嬢様の秀子がこれまで男性たちに強いられてきた行為を知って、あいつらにこんなことをさせられてきたのかと、侍女であるスッキが猛烈に怒り狂い、性的搾取の悪しき存在を破壊しつくすシーンが本当に、本当に、尊かった。あのシーンが長いということも、尊かった。自分のことのように怒り、理解してくれる人がいるのは、それだけでもう希望だ。お互いがお互いの希望になって生きていく彼女たちの姿を、いつも忘れないでいたい。

　そして、クムジャさんと『お嬢さん』は永遠。

「乳首ドレス」とはなんだったのか

アメリカにいた高校生の頃、何より衝撃を受けたのは、女性たちのブラジャーをつけていない確率の高さだった。街行く大人たちはもとより、豊満な胸の同級生たちでさえ、なんの頓着もなくノーブラ＋タンクトップで登校してきた。この人たちにとって乳首ってなんなんだろうと不思議でならなかったのだが、とにかくおおらかなんだなと、中途半端に納得することしかできなかった。

学園映画に登場するプロムといえば、相手がいないと参加できないというシビアな掟があるものと相場は決まっている。しかし、私が通っていたのは田舎のプレップ・スクールだったので掟もゆるく、留学生のお前らはグループで来てもいいとお許しがあり、プロムにも参加したことがある。フォーマルなドレス姿の女子高生たちは、胸がドレスからはみ出そうが乳首が浮いていようが、まったく気にしているそぶりがなかった。

そんなわけで、２０１３年のアカデミー賞授賞式でアン・ハサウェイのピンク色のプラダのドレスが、「乳首ドレス」と散々からかわれているのを見た時、私の胸に最初に去来したのは、あの国の人たちに他人の乳首を笑う権利はないんじゃないかということだった。みんなも散々いろんな場で、乳首を浮かしたり、透けさせたりしてきたはずだよ。人の乳首を笑う者は乳首に泣く、とかことわざがあってもいいくらいだ。

あと、私がドレスに詳しくないせいもあるけど、どこにそんな茶化し甲斐があったのかいまだに腑に落ちていない。確かにちょっと乳首が目立つのかなというのはわかるのだけど、それが彼らにとって、やーいと囃し立てるほど大きなことだというのが、前述のとおりでよくわからない。仮に失敗だったとしても、リアーナなど豪快な人たちの露出ドレスのような確信犯的な面白さがない、しっとりとした凡ミスだと思うのだが。凡ミスだからこそ、クスクス笑ってしまうという感じなのだろうか。クラス一の優等生の小さな失敗を教室の隅で笑う同級生たち、みたいな感じだろうか。しかし、そんな同級生たちも普段から乳首を浮かしている可能性大である。「乳首ドレス」を擁護したいわけではなく、私には本当にわからないのだ。

ドレスの話ではないが、たとえば、２０１５年、一週間29ドルの食費で生活するチャリティーのチャレンジを行った時に、グウィネス・パルトロウがSNSにアップした一週間分の食材の写真、あれは本当に茶化し甲斐があるものだった。ああ、この人は本当に格差社会をわかっていないんだなということを、あまりにも雄弁に語ったアボカド一個とライム数個、そしてその他の意識の高い食材たちよ。この出来事がフレッシュだった頃、何日かおきにこの食材の画像が無性に見たくなり、何度も見に行ってしまったぐらいだ。あれは見応えがあった。

乳首ドレスの話に戻ると、もしああいう場では絶対に乳首厳禁ということなら、アン・ハサウェイのように生真面目なタイプは何があっても死守しただろう。実際、会場に向かう前に、乳首が目立たないかとアンが問いかけたところ、目立つかもしれないけどもう行こうと夫が促したという話を本人もしている。ここから導き出せる結論は一つ。つまり、乳首は厳禁ではないということではないか。どの乳首ならよくて、どの乳首だと駄目なのか。ルールはあるのか。ハリウッド女優たちのヌードがネットに流出すれば、あんなものはなんでもない、流出させた方が全面的に悪いとみんなサポートをするのに、乳首が浮いていただけで笑い者になったアン・ハサウェイ。今では嘘のようだが、当時の彼女にはヘイターが大量にいた受難の時期だったためもあるだろう。トランプ大統領就任によるウィメンズ・マーチの盛り上がりや #MeToo 運動を経た今の2019年にもし彼女が同じドレスを着ていたとしても、もう誰も茶化さない気がする。茶化したほうが白い目で見られるはずだ。アメリカが激変の時代を迎える前の、たいして面白くもない「乳首ドレス」を笑っていられた、ある意味平和な時代の象徴だったのかもなと、あのドレスのことをたまに思い出す。

「暗黒時代は終わったんだね」

前に『Obvious Child』という、中絶をテーマにした、ジェニー・スレイト主演のラブコメディについて書いた。この映画は、中絶をする権利は当然のものであり、周りの人々は当事者である女性の選択をサポートするべきだと、ロマンティックなやり方で示してみせた。この作品がアメリカで話題になっていた頃、映画やフェミニズムの批評サイトなどで、よく一緒に語られている作品があった。それが『愛しのグランマ』だった。『Obvious Child』と同じく、日本で公開される気配はないままだったのだけど、DVD化されていることがわかったので、早速見てみた。

はじまった瞬間、アイリーン・マイルズの詩の一節、「時は過ぎる。それは確かだ」が映し出され、驚いた。そして、この映画が絶対にかっこいい作品であることを直感した。アイリーン・マイルズは、アメリカの作家、詩人であり、レズビアンでもある（私はまだ見ていないのだけど、ドラマ『トランスペアレント』にも、彼女をモデルにしたキャラクターが出てくるらしい）。『愛しのグランマ』のグランマこと、リリー・トムリン演じる主人公エルも、レズビアンの詩人だ。口が悪くて、態度も悪い。サイコー！　このキャラクターは、普段のトムリンの性格を反映してつくられたそうだ。衣装も彼女の私服。ちなみに、トムリンが映画の単独主演をするのははじめてのことだそうだ。

エルはボーイフレンドとの間に子どもができてしまった孫娘セージのために、中絶費用を工面しなくてはいけなくなるのだが、大人げないエルは自分のクレジットカードを切り刻んで、ウィンドチャイムにしてしまっていた。エルとセージは、お金を貸してくれそうな人たちのもとを次々と訪れるのだけど、その道中で、エルの人柄やこれまでの人生、彼女の選択が見えてくる。それがもうしみじみといい。

『オレンジ・イズ・ニュー・ブラック』のラヴァーン・コックスも、エルの友人として、タトゥーアーティストの役で出てくる。貸せるお金はないけどタトゥーならやってあげると言われ、じゃあ、やってもらう、とエルが丸のかたちのタトゥーを腕に彫ってもらうシーンがとても面白い。別れた恋人オリヴィアの〝O〟じゃないの？　と孫娘に言われ、確かに〝O〟は女性にとって大切な言葉だよね、卵巣（ovary）とかオリガミとかね、と適当に答えるエルが大好きだ。彼女の体にはほかにも、亡くなったパートナーの名前〝Violet〟と、彼女の詩のモチーフであるトンボの絵が彫られている。

マイク・ミルズの『20センチュリー・ウーマン』にフェミニズムにまつわる名著がたくさん出てくるのが印象的だったけど、『愛しのグランマ』もそうだ。なにしろお金に困ったエルは、『フェミニン・ミスティーク（邦題『新しい女性の創造』）』などのフェミニスト作家の初版本を、カフェの店主に売りつけようとする。ネットで検索したそれらの初版本の安さに驚くエルに、「フェミニン・ミスティーク」と聞いて「X-MEN のキャラ？」と不思議そうなセージ。ここにエルの娘（セージの母）が加わって、三世代の女性たちの生き方の違いが浮き彫りになるのだけど、それは三つの時代とフェミニズムの変化ともいうことができる。闘って女性の権利を獲得してきた時代を生きたエルが、病院の医者に今の中絶手術がいかに安全かを説明され、「暗黒時代は終わったんだね」と答えるシーンには、涙しかない。

エルと別れたばかりの、年下の恋人オリヴィアの役をジュディ・グリアが演じているところも最高だと思う。キャスティングやディテールなど、細かい部分に愛を感じる。こういう映画が見たかった、と胸がいっぱいになった。

人生は厳しいけれど、女性がそれぞれの選択をして、生きていくということを限りなく優しく描き出したこの映画を、ぜひ見てほしい。

『マスター・オブ・ゼロ』は、ニューヨークに住むマイノリティたちの日常をさまざまな角度から描いたNetflixのコメディドラマで、いつも楽しく見ている。両親がインドからの移民であるアジズ・アンサリと、両親が台湾からの移民であるアラン・ヤンによってつくられているこの作品は（二人とも『パークス・アンド・レクリエーション』にそれぞれ出演と脚本のかたちで参加していた）、主演のアンサリが演じるデフの家族関係や仕事、恋愛のエピソードを中心に、現代社会でマイノリティとして生きることがどういうことか、軽やかにすくい上げる。

女性がただ生活しているだけで、セクハラや性差別など、どんな理不尽な目に遭うかをテーマにした回もある。ガールフレンドのレイチェルが指摘した男性の性差別的行動を、考えすぎなんじゃないかとデフが軽くいなそうとした時に、彼女が怒って言う「私の経験したことを理解しようともせず、勘違いだと否定されたらすごく傷つく」というセリフには、めっちゃわかる、と胸を打たれた。明るみに出たハーヴェイ・ワインスタインの異常なセクハラ問題でも、周囲の男性が彼の行為を長年知っていたのに、問題視していなかったことが同時に判明し、心底嫌になった。私も自分やほかの女性が経験したセクハラを男性の知人や恋人に話した後、彼らがその話を忘れてしまったり、セクハラをした人とそれまでと同じように付き合ったりしているのを知って、この人たちにとってはたいしたことではなかったんだなと心が冷えることがよくある。

黒人のリナ・ウェイスは、デフの幼なじみのデニース役で出てくる。はじめて見た時、わあ、こんなかっこいい人、今まで見たことないな、と思った。ハーレムパンツにTシャツ、ブレードした髪にキャップをかぶった彼女はとてもクールなレズビアンだ。そもそもこの役は、当初は、デフとの恋愛関係に発展する可能性もある白人女性として書かれていた。それでも、キャスティングのアリソン・ジョーンズ（この人すごい）がウェイスはどうだろうと思いついてオーディションに呼び、彼女の本来のキャラクターに合わせて、脚本が書き直された。

ドラマの配信後、注目を集めた彼女はインタビューでこんなふうに答えている。「私のような性格や服装をしたレズビアンは現実にはたくさんいるのに、テレビドラマで見ることはない。だから可視化することは重要だし、とても刺激的なこと。たくさんの有色人種のクィア女性が大喜びしてくれている」。彼女の役は、特に女性に好評だったそうだ。

シーズン2には、ウェイスがアンサリと共同で脚本を手がけた「サンクスギビング」という回がある。自分のセクシュアリティを自覚したデニースが、母親にカミングアウトし、シングルマザーとして苦労した敬虔な母親が娘を受け入れるまでの過程を、20年間のサンクスギビングの日だけを切り取って描いた作品（ドラマ自体は約30分）で、ウェイスの実体験がもとになっている。いつもの調子で見ていたら、突然現れたザ・神回に驚いた（同じくシーズン2の「ニューヨーク、アイラブユー」という回も素晴らしい）。母親役がアンジェラ・バセットなのも、この回にかけるつくり手の静かな情熱が感じられた。祖母、叔母、母のコンビネーションも抜群で、撮影後もウェイスと彼女たちの関係が続いていることがＳＮＳから伝わってくる。「苦労してほしくないのよ、黒人女性というだけで充分不利なのに」と娘のカミングアウトに涙を流した母が、少しずつ変化していくさまにこちらも涙。その後も、いい回だったなあと時々思い返していたら、なんと、２０１７年のエミー賞で、この回がコメディ作品部門脚本賞を受賞。ウェイスはこのカテゴリーで受賞したはじめての黒人女性となった。私はその日カナダのトロントにいたのだけど、めちゃくちゃうれしくて、ホテルの部屋でスマホ片手に思わずガッツポーズした。

あと、同じ年にエミー賞を受賞したドラマといえば、同じくNetflixで配信されている、日本でいうところの『世にも奇妙な物語』的なオムニバスシリーズ『ブラック・ミラー』の「サンジュニペロ」という作品が、私は狂おしいほど好きだ。サンジュニペロという街で女性二人が出会い、恋に落ちるのだが、交わされる会話がところどころ不思議で、年代も自在に変わり、一体全体ここはどこなの、この二人は、そしてこの街にいる人たちは誰なの、というＳＦ風味の物語だ。大好きなマッケンジー・デイヴィスとググ・バサ゠ローのカップルが、泣きたくなるくらいの良さ（というか、大泣きした）。ベリンダ・カーライルの懐かしのヒット曲「ヘヴン・イズ・ア・プレイス・オン・アース」が印象的な使われ方をしていて、鑑賞後は、本当に天国って地上にあるんだなあと遠い目をしてしまう。パク・チャヌクの『お嬢さん』が好きな人は、絶対好きだと思う。見て以来、現実に疲れるとサンジュニペロに意識を飛ばしてしまうし、いつか私もサンジュニペロに行きたくてたまらない。

ピンク色を好きになった日

2017年、トランプの大統領就任に抗議するべく、アメリカのワシントンをはじめとする多くの都市でウィメンズ・マーチが行われたのを覚えている人も多いだろう。マーチのシンボルとなったピンク色のニット帽「プッシーハット」をかぶり、通りを埋め尽くす人、人、人。トランプの就任式とこのマーチ、どっちをこれからの未来をつくる子どもたちの記憶に残すのか、こっちに決まってるだろ、という気迫を感じる光景だった。女性だけじゃなくて、男性もたくさん参加していて、SNSでも話題になっていたが、ニット帽を完成させる時間がなかったらしく、編み棒をつけたままのピンクの帽子をかぶった男性もいた。人々が掲げた多種多様のプラカードは怒りとユーモアに満ちていて、目が離せなかった。そして、マドンナやスカーレット・ヨハンソンなどのセレブリティや活動家の女性たちが矢継ぎ早にスピーチやパフォーマンスを繰り広げたステージの力強さ。この時のパフォーマンスで、私はジャネル・モネイとアリシア・キーズのファンになった。

ウィメンズ・マーチは、女性やLGBTQの権利を主張し、人種差別やさまざまな社会問題に抗議する目的があり、アメリカ以外の国でも行われた。私は同じ年に東京でも開催されたこのマーチのことが気になっていながらも、マーチに参加したことがこれまでなかったので少し不安だったのと、その時締め切りに追われていたこともあり、結局参加しなかった。自分に言い訳をしているようで情けなかったし、無理をすれば参加できたのにと、ずっと忘れられないでいた。なので、2018年も東京でウィメンズ・マーチをやると告知が出るやいなや、私は同じく前回行くことができなかった編集者さんにメールをした。彼女も参加しなかったことを悔やんでいたと返信をくれ、わいわい歩いたら楽しいんじゃないかという話になり、興味のありそうな人にお互い声をかけようと決めた。

そこからは話が早かった。なぜなら、ウィメンズ・マーチに行かないかと誘ってみると、みんな、行く！　と即答だったからだ。どのメールもテンションが高く、ビックリマークの数が多い。気になっていたけど、一人で参加する勇気がなかったからうれしい、という言葉に、私もそうだったし、みんなも同じだったんだと気持ちが高まった。プラカードにどんなメッセージを書くか、どんな服装で行くか、ピンクのニット帽はどこで手にいれるかなど、活発にメールが行き交い、各々の意気込みが伝わってきた。

はじめてのプラカードに何を書けばいいのかと私はギリギリまで悩み、各国のプラカードをネットで検索してみたりしたが、最終的に、友人が教えてくれた「Equality Hurts No One（平等は誰も傷つけない）」という言葉に決めた。これもどこかの街で、ある女性が掲げていたプラカードのメッセージだった。ピンク色の画用紙を百円ショップで買ったハードケースに入れたら、それでもうプラカードの出来上がり。こんな簡単にできることだったんだと、目から鱗が落ちた。

これでいつでもマーチに参加できる自分になった。ADDICTIONでピンクのネイルを二色買い、塗った。

開催日である3月8日の国際女性デーは雨だったけれど、誰もが「雨ですが何か?」と気にも留めていないような笑顔で、最終的に750人以上がマーチに参加し、大きな声でコールをしながら歩いた。近くを歩いていた年配の女性が、「国家や男達に都合のいい女にはならない」と日本語で書かれたプラカードを持参していて、見惚れた。

はじめて参加してみてわかったのは、マーチってすごく楽しいってことだった。どの人からも楽しさや情熱があふれ出ていて、とても幸せを感じた。参加して本当によかった。それ以来、ピンク色を見るとその幸福な思い出が脳内物質のごとく分泌されるので、すっかりピンク色が好きになった。ジャネル・モネイの新曲「PYNK」もリピートで聴いているし、最高にピンクなミュージックビデオも大好き。次のウィメンズ・マーチに備えて、ピンクのアイテムの収集もはじめている。

好き、に性別は関係ない

ロボットや怪獣などが出てくるSF作品が大ヒットした時、もちろん観客の中には多くの女性が含まれる。女性たちはその作品のファンになり、何度も劇場に通ったり、知識を深めたり、ファンアートをつくったり、コスプレをしたりと、思い思いの方法で楽しむ。そうすると、必ず、苛立った様子で、こう宣言する男性たちが出現する。おまえたちのものじゃないぞと。元来〝男のもの〟とされてきたジャンルの作品の新作プレミアで、ゲストとして呼ばれた男性クリエイターたちが、客席の女性の多さに驚き、おまえたちにわかるの？　と笑ったり、このジャンルは俺たちのものだとコメントしたりして、そのニュースが炎上するという流れも、幾度となく繰り返されている。過去にそういう発言が炎上したと知っているはずなのに、新たにそんな案件が発生するのは、女性を傷つけかねない言動を見直すことより、男同士の目配せのほうが大切だと思っているからではないだろうか。呆れてしまう。それに、海外の作品の場合、監督やキャストはそんなことを一言も言っていないのに、日本でたまたま呼ばれただけの登壇ゲストが勝手に作品の幅を狭めるのは失礼にあたるだろう。「『スター・ウォーズ』は女たちに乗っ取られるまでは最高だった」とツイッターに書き込んだ男性に、『最後のジェダイ』を監督したライアン・ジョンソンが、笑顔で中指を立てているキャリー・フィッシャーの画像を返したり、『スター・ウォーズ』のTシャツを着て学校に行きたいけど、男の子みたいだといじめられるかもと泣いていた女の子の母親のツイッターに、ルーク役のマーク・ハミルが直接励ましの言葉を送ったりと、作品の関係者がジェンダーバイアスに対して明確にNO！　を表明する時代なのに。

そういえば、今思い出したが、だいぶ前に働いていた職場で『スター・ウォーズ』のTシャツを着ていたら、男性社員の一人に、「それどういうことですか？」と心底解せないという表情で言われたことが私もあった。このジャンルはこの性別のもの、なんて決めつけは、世界の可能性を殺すし、誰も幸せにしない。

ダコタ・ファニングが自閉症の主人公ウェンディを演じている『500ページの夢の束』は、好きなものを性別で決めつけられる馬鹿馬鹿しさに苛立ちを覚えたことのある人なら、きっと心からうれしい気持ちになれるはずだ。姉と同居できず、自立支援ホームで暮らしているウェンディは『スター・トレック』が大好きで、誰よりも詳しい。『スター・トレック』のファンフィクションを書いている彼女は、脚本コンテストの応募期限に間に合わせるために、細かく定めてある普段の生活習慣から大きくはみ出し、無謀にも一人でハリウッドを目指す。

面白いのは、『スター・トレック』の知識のある男の子やオタク男性には、ウェンディのすごさが一発で伝わるところだ。そして、これは男のものだなんて言って、彼女のことを馬鹿にする人は誰もいない。そう、本来、知識とは、他者に優しくするために使うものなのだ。

自閉症の彼女は、大好きな物語の力を借りて、自分の人生を理解し、切り開いていこうとする。

「そのまま待機」を意味する原題の「Please Stand By」は『スター・トレック』の中でも使われている言葉で、ウェンディは発作が出た時に何度もこの言葉を繰り返し、自分を落ち着かせる。好きなものがあるからこそ人は強くなれるし、他者とつながり合える。警官役のパットン・オズワルトとの短いシーンは、同じ作品を好きだからこそ一瞬でわかり合える奇跡の瞬間だ。ウェンディがファンフィクションに込めていた本当の願いも泣かせる。エンタープライズ号の制服をペットの犬に着せていたり、リュックも制服を模していたり、細かいディテールも素晴らしくて、思わずウェンディと同じ青色のG-SHOCKを買ってしまった。

一言で言うと、私はこの映画を愛している。これからきっと『スター・トレック』が好きな女友達とかもできて、ウェンディの世界はどんどん広がっていくはずだ。好きに理由なんてないんだと、性別なんて関係ないんだと、どんどん胸を張りたくなる。

奇跡のエレベーター

２０１８年の5月、エル・ジャポン編集部のみなさんと一緒に、カンヌ国際映画祭に行ってきた。映画業界の女性たちの功績に光を当て、さまざまな環境や待遇における不平等を解消していくためのプロジェクトである「WOMEN IN MOTION」のアワードディナーに出席した感想を、記事として書くことになったからだ。

ニース空港からタクシーでカンヌにたどり着いたのは夜の0時過ぎだったけど、街には人があふれかえっていた。アンナ・カリーナとジャン＝ポール・ベルモンドがキスしているゴダール映画のワンシーンがカンヌの公式ポスターに使われていたのだが、海辺の大きな劇場の入り口にどーんと貼られている光景に、これがカンヌ映画祭かと車内から目を奪われた。

宿泊するホテル Majestic Barrière に到着すると、エントランス前が新作映画『The Spy Who Dumped Me』仕様になっており、私の愛するケイト・マッキノンの映像が目に飛び込んできたことで、急にホッとした。どこにいても推しを見ると安心することがわかった。ダブル主演のケイトとミラ・クニスがバイクに二人乗りしている石膏像まであった。このホテルは、映画祭に出席しているセレブのほとんどが宿泊するそうで、今すれ違ったのマチュー・アマルリックだな、うわ、タクシーから降りてきたのダイアン・クルーガーだ、などと気持ちがせわしなかった。

「WOMEN IN MOTION」のアワードディナーは、カンヌ旧市街地の高台にある美術館で行われた。柔らかな光をたたえた小さなランプが頭上に巡らされた前庭はとても親密な雰囲気で、石畳を歩いて到着するセレブたちも、リラックスしているように見えた。

ライトアップされたロマンティックな空間にピンク色のロングドレスを身にまとったクロエ・セヴィニーが降臨してからというもの、次々と女神たちが現れるので、何の夢か、と目を疑った。普段から崇めているクリステン・スチュワートとケイト・ブランシェットとレア・セドゥを一気に見る機会に恵まれたのはいいが、推しが多すぎてどこに焦点を絞っていいのか混乱し、ある瞬間から脳が考えることを放棄した。ホテル前のケイト・マッキノンも映像だからホッとできたが、あそこに本人がいたら、私はきっと発狂していただろう。

無数のロウソクの光でテーブルが浮かび上がって見える幻想的なディナー会場に入ってさらにぼんやりし、ケイト・ブランシェットとサルマ・ハエックがハグを交わし、顔を寄せ合って何事か談笑している様を目の前で見てしまったことで頭がさらにショートし、サルマのドレスの裾を踏みそうになった。加えて、席につくと、隣のテーブルに座っていたのは、大好きなアニエス・ヴァルダ。赤と白に染め分けられた髪型で間違いようもない彼女の後頭部ばかりスマートフォンで連写してしまった。

和やかな会は最後に、バンドの生演奏でセレブたちが踊り狂うダンスパーティーと化した。キレッキレのダンスを披露するサルマや、女友達といちゃいちゃ踊ったり、マイクを手に歌う真似をしたりとなにかとノリノリのレア・セドゥなど、あまり見る機会のない光景を目に焼き付けた。この日から数週間後に90歳の誕生日を迎えたヴァルダも、楽しそうにダンスに参加していた。

そして、その後、奇跡が起こった。ホテルに戻り、エレベーターが閉まりかけた瞬間、慌てて乗ってこようとした人がいたのだが、それがなんとヴァルダだったのだ。このドアを絶対に開けるという強い意志をもって、私は瞬時に「開」ボタンを押し、彼女と同じエレベーターに乗ることに成功した。「大ファンなんです」と声をかけ、握手をしてもらうと、手を握ったまま、「あなたは何をしている人なの？　映画業界の人？」と聞いてくれた。映画業界の人間ではないと説明したけれど、映像の世界にかかわっている女性たちをサポートしている彼女らしいな、と胸が熱くなった。日本に来る予定があると以前聞いていたので「来日を楽しみにしています」と伝えると、「病気の治療に専念しなくてはならなくなったから日本には行けなくなったけど、メールならいつでもインタビューしてね」と温かく答えてくれた。私が降りた後、エレベーターの扉が閉まるまで手を振ってくれたことにも感動した。部屋に帰ってから、とりあえず泣いた。

次の日は、スパイク・リーの新作『ブラック・クランズマン』の公式上映に招待してもらった。カンヌに行っていろいろと腑に落ちたことがあるのだが、そのうちの一つが、レッドカーペットのシステムについてだ。カメラマンが並んだ撮影スポットに行くまで、セレブがみんな列をつくって静かに待っているのが面白かった。自分の順番になると、そーれ、お撮りなさい、と途端にくるくる回り出すトップモデルたち。レッドカーペットを通らないと劇場に入れないので我々一同も通りましたが、殺伐としたカメラマンたちから、早くどいて、という強いオーラが出ていた。

なかなかできない経験ができました。ちなみに、クリステン・スチュワートが階段をのぼる前にハイヒールを脱いで、ヒール着用を義務づけられている女性のドレスコードに抗議したのは、この時のレッドカーペットである。

（2019年の3月29日に、ヴァルダは亡くなった。彼女の作品と、あの日くるくると踊っていた姿、そしてエレベーターでの奇跡を大切に覚えておきたい。）

さよなら、「古きよき時代」

仕事の休憩中や食事中にNetflixでドラマを見る習慣があるのだが、そういう時は新しい作品じゃなくて、以前に見たことがある作品を選ぶようにしている。新しい作品だと集中しないといけないし、仕事中には刺激がありすぎる。そうなると、一話20分くらいで気楽に見られるものがよく、気がつくと、90年代のドラマ『フレンズ』ばかり繰り返し見ている時期があった。

ただ、見れば見るほど、ロスが嫌いになる。ロスのいいところといえば、元妻のキャロルとスーザンの結婚式で、キャロルと一緒にバージンロードを歩いてあげたことと、幼少期に自分の自転車を持っていなかったフィービーに自転車を贈ってあげたことぐらいしかない。ちなみに、とても素敵なキャロルとスーザンの結婚式の回は、時代的に女性同士のキスシーンを入れることができなかったと後で知り、悲しくなった。普段のロスは自分の男性特権に無自覚で、何事にも愚痴っぽく、アンガー・コントロールができず、レイチェルの仕事が忙しくなると、嫉妬で妨害したりする。一応ロスとレイチェルの恋愛がドラマの主軸だったことを考えると、しみじみと不思議な気持ちになってしまう。モニカと付き合いはじめてからのチャンドラーの成長譚を鑑みると、ますます不思議である。

そうなると、繰り返し見るドラマとして最強なのは、『ブルックリン・ナイン‐ナイン』だ。ブルックリンで働く警官たちのコメディドラマなのだけど、これまでマッチョな男の世界として描かれてきた刑事ドラマを、さまざまな差別的表現に配慮し、今の感覚でアップデートした作品になっているので、見ていてストレスがない。

かつて「古きよき時代」にはゲイの黒人男性であることから署内で虐げられていたホルトが出世をして、99分署に署長として赴任するところから物語ははじまる。差別をしない99分署の個性あふれる面々は署長を信頼し、ともに事件を解決していく。ポリコレのせいで面白い作品がつくれなくなる、なんでも駄目になる、なんてことを本気で思っている人たちにぜひ見てもらいたい。「古きよき時代」の警官たちについて書いてきた記者に憧れていた主人公のジェイクが、古くさい偏見を垂れ流す彼の態度に幻滅する回もある。ポリコレを意識するのは当たり前だし、面白い作品をつくるのも当たり前、という気概に満ちた温かいドラマだ。私的に神回なのは、ホルトの夫が自分たち刑事のことを嫌っているように見えるのはなぜかをジェイクが推理する回だ。インテリ同士のホルトと夫の関係性も毎回ツボ。

『ブルックリン～』は私が世界一好きなコメディドラマ、ジェンダーや人種的な偏見を逆手にとった登場人物が活躍する『パークス・アンド・レクリエーション』のクリエイターたちが手掛けている（『マスター・オブ・ゼロ』もそう）。なので、『ブルックリン～』の登場人物には『パークス～』の登場人物の影響があるし、もっというと、二つのドラマには『フレンズ』の登場人物の面影が感じられる。『パークス～』の主人公レスリー（好きなドラマが『フレンズ』だったりする）は、凄まじい努力家で仕事や友人に対して異常なほどマメなのだが、彼女はバインダーやファイルなど、整理整頓アイテムが大好きである。それって『フレンズ』のモニカの性質と一緒だ。また『ブルックリン〜』にもモニカとレスリーのように整理整頓オタクのエイミーが出てくる。セクシーとは真逆の趣味を持った彼女たちが、チャーミングなキャラクターとして登場するところがとても好きだ。『ブルックリン〜』で最も自由な性格をしているジーナは、『フレンズ』のおもしろ女として伝説的なキャラ、フィービーを彷彿とさせる。

興味深いのは、『ブルックリン〜』や『パークス〜』には、ロスやレイチェルにあたるキャラクターが存在しないことだ。ロスのようなキャラクターは『ブルックリン〜』だと、ネガティブな役として出てくる可能性が高い。レイチェルはロスとの恋愛となると途端に主体性を失ってしまうことが多かったように思う。もちろん『フレンズ』はそれだけのドラマではないし、ロスとレイチェルもそれだけの存在ではなかったけれど、ドラマチックな恋愛要素を担うべく配置された主人公の男女という枠組みは、もう現代では必要ないのかもしれない。

インナー・シャラメを解放する夏

２０１８年の夏、私は映画『君の名前で僕を呼んで』に非常に感銘を受けたため、自分の住んでいる街を「北イタリアのどこか」だと思って生活することにしていた。この映画の脚色を担当したジェームズ・アイヴォリーといえば、私の中で『モーリス』の監督脚色で名高いのだが、『モーリス』のラストシーンのヒュー・グラントの視線と、『君の名前で～』のラストシーンのティモシー・シャラメの視線が、時を超えて出合い、共鳴しているように思えてならなかった。『モーリス』のヒュー・グラントが生きられなかった未来を、『君の名前で～』のシャラメはこれからどう更新し生きていくのか。その予感に胸が震えた。

また、オリヴァー（アーミー・ハマー）を愛する前に付き合っていたガールフレンドとの関係性の描き方にも、新しい世界を見せてもらった。愛情は恋愛感情だけではなく、友情にも適用できるのだ、恋愛ではなくなったからといって関係を切る必要はないのだ、と彼女から提示された時、彼女を失わなくていいことに安堵したシャラメが口にする一言から、今後の二人が親友として過ごしていく時間が想像でき、幸せだった。

何より、私はシャラメ演じるエリオという人間にただならぬ魅力を感じた。はじめての愛におびえながらも、恐れずにむしゃぶりついていくエリオを私は尊敬している。まるで彼のためだけに存在しているかのような美しい自然と快適な生活環境の中で、泳ぎ、本を読み、作曲をし、愛され、まっすぐに愛す。五感をフル稼働させて一瞬一瞬を味わいつくしているように見えるエリオの一つ一つの表情や動きを見ていると、人類は本来みなエリオであり、いつだってエリオになる権利があるんだ、私たちはみなエリオなんだ、という熱い気持ちが湧き上がってきた。

そういうわけで、その夏、私の住んでいる街は「北イタリアのどこか」であり、私はエリオだった。毎日泳げるような場所も近くになく、外に出るとまごうことなき日本の風景が目に飛び込んできたが、サウンドトラックをリピートすることで何とかしのいでいた。私もがんばるので、みんなもおのおのがインナー・シャラメを全開にして、夏を毎年エンジョイしてほしい。われわれにはその使命がある。エリオの名にかけて。

あと、その夏にもう一つよく聴いていたのが、『オーシャンズ8』のサントラだ。聴きながらメイクしたりその日の目的地に向かっていると、九人目のメンバーとして秘密の作戦中であるかのような心地を味わえたり、自分も彼女たちに合流でもするようなご機嫌な気持ちを味わえた。

映画自体も昇天しそうなほど幸福な時間がフィルムに焼き付けられていてもう最高だから見てくれ〜！　それがうそ偽りのない気持ち〜！　という感じです。ケイト・ブランシェットのキャラクターと服装が80年代の少女漫画も真っ青な仕上がりになっていて、彼女のサンドラ・ブロックへの熱視線も眩しく、こんなに素晴らしいものを目にする資格がはたして自分にはあるのだろうかと、映画の途中で胸に手を当てて考えたくなった。アン・ハサウェイの役は、今後誰かに

「おいしい役」を説明しなくてはならないようなことがあれば、真っ先に引き合いに出すであろう。かっこいい女たちがそれぞれの特技を使って軽やかに立ち回る、輝く楽園を見た。

もう一曲、ここ数年、自分にとって特別な夏の歌についても書きたい。それは、ヘイリー・キヨコの「ガールズ・ライク・ガールズ」という曲で、何気なくミュージックビデオをはじめて再生した時からずっと、泣かずに最後まで見ることができたためしがない。レズビアンであることをオープンにして活動する彼女の歌は、女の子が女の子を好きになるのは当たり前のことだし、「それが何か？」とニヤッとしている不敵さがある。そしてその当たり前の関係性の中で経験するさまざまな感情や出来事がいかに特別なことか歌い続けている。好奇心で近付いてくる女の子への複雑な気持ちを込めた歌など、切り口にもしびれる。ひどいことは毎日のように起こるが、ヘイリー・キヨコのいるこの世界を信じたくなる。

21世紀の視点で塗り替えていく

#MeToo運動はこれまで隠蔽されてきたセクハラ加害者をあぶり出したわけだけど、同時に、セクハラおやじと同じメンタルを持った人たちが大勢いることも明るみに出した。彼らは失言だと気づきもせず、加害者を擁護したり、セクハラを訴える女性たちは自意識過剰だの自業自得だの言い募ったり、これじゃ女性をデートにも誘えないだのと冗談を飛ばす。ショックを受けつつも、やっぱりそうだったかと前からわかっていた気もする。なぜなら、周囲の男性たちの性差別的な言動を目の当たりにするのは、自分にとってもこれまで日常茶飯事だったからだ。文学に携わる人たちの中にも、ジェンダーって概念、これまで意識したこともないんだろうなという人は多いし、経験上、自分が愛読していた作家に会うのが恐ろしくなる時もある。がっかりしたくないから。作品と人間性は別だという考え方も根強いけど、私は本当に別なんだろうかとずっともやもやしてきた。その人間性を持った人がつくり出したものがその作品なんだから、そんな機械的に切り分けられるはずがないだろう。

２０１８年に拙訳で刊行されたジャッキー・フレミングによる『問題だらけの女性たち』には、19世紀のイギリスの女性たちが苦しんだ非科学的な迷信が次々と登場するのだけど、その中では、ダーウィンやピカソなど、今でも名高い天才たちの性差別的な発言が著者によって散々馬鹿にされている。21世紀の視点で、しっかりと過去と現在を捉え直していく作業は、私たちの未来にとって、とても重要なことだ。

Netflixで配信されているオーストラリアのコメディアン、ハンナ・ギャズビーによるスタンダップコメディ『ハンナ・ギャズビーのナネット』は、そういった意味でまさに今この時代だからこそ生まれた作品で、私のもやもやを吹き飛ばしてくれた。コメディアンとして長年活躍してきた彼女は、レズビアンである自分が受けてきた被害や偏見にまつわるジョークを飛ばしながら、もうコメディアンを辞めたほうがいいかもしれないと思うに至ったこれまでの経緯を語りはじめる。自分にとってつらい思い出であるカミングアウトをネタとして消費し続けることで何より自分自身が傷ついてきたこと、そしてその先に進めなかったことなど、胸に迫る切実なエピソードと共に、彼女が専攻した美術史や社会の中の女性蔑視が織り交ぜられ、#MeToo運動への言及へとつながっていく。とにかく構成が素晴らしく、示唆に富み、何度見ても新たな発見がある。何よりも、傷つきながら生きてきた彼女の嘘偽りのない思いと物語は、私たち自身の物語でもある。

42歳の時に17歳の少女と性交渉を持ち、「私も彼女も今が一番いい時期」とのたまったピカソへの、「未成年と関係を持った時点で終わってる」「ピカソなんてクソくらえ」というハンナの言葉に心がふっと軽くなった。「別れるたびに女を焼き払ってしまえ、その女の過去ごと破壊するのだ」と発言したピカソは、あらゆる視点を持てと人々の意識を解放したけれど、その中に女性の視点は含まれていたのかと問うハンナ。こんな風に思っていいんだと、私はずっと誰かにこう言ってもらいたかったんだと、ひたすら解毒作用のある1時間で、あまりにも特別な経験だった。

すっかりハンナのファンになった私はなだれ込むように彼女が出演しているドラマ『プリーズ・ライク・ミー』も見たのだけど、こちらもすごくいい。自分はゲイだと自覚したジョシュが恋愛や家族関係に奮闘する物語で、どのキャラも生き生きとしていて、他者と自分に誠実で、面白い。あと出てくる俳優たちに対して、この人は『ミス・フィッシャーの殺人ミステリー』（同じくオーストラリアのドラマ）の◯◯の回の被害者の娘、そしてこの人はその父親、この人は◯◯の回の犯人と、次々と言い当てられる自分はミス・フィッシャーの見過ぎであることに気づかされた。

整理整頓は新しいセクシー

数年前、NHKワールド制作の『Tidy Up with KonMari』という、近藤麻理恵がニューヨークのアメリカ人家庭の断捨離を手伝う番組を見た。だいたいの場合、妻のほうがこんまりファンで、妻が本物のこんまりを見て感激している横で、まずはお家にご挨拶をと土下座するように床と対話をしているこんまりを、夫は何この人と怪訝な目で見ているところからはじまる。けれど、こんまりのアドバイスどおりに部屋を整理していくうちに、夫もこんまりの魔法にかかり、最後には家族全員が片付けハイになる。生活が整うと、みんな内面から生き生きしてくるから不思議だ。スパークジョイを大切にしているこんまりなので、ハロウィンの天使の衣装を妻が残そうとしても、ときめくなら残しましょうと、否定しない。私もすっかりこんまりファンになった。片付けメソッドが効率的なだけじゃなくて、こんまりが本気で家に挨拶するような人だから好きだ。

キャスリーン・フリン著の『ダメ女たちの人生を変えた奇跡の料理教室』では、名門料理学校を卒業した著者が、料理にコンプレックスがある女性たちを集めて、簡単な料理の仕方や、加工食品は控えてできるだけ自炊するというアドバイスなど、基本的なことを教えていく。苦手意識を克服することで、女性たちは前向きになり、人生そのものへの取り組み方が変わる。私も自分の生活をちゃんと見つめなおさなくてはな、と思いはじめていた2018年、Netflixに『クィア・アイ』が現れた！

『クィア・アイ』にはオリジナル版があり、今回はNetflix制作のリブート版である。ファブ5こと、それぞれに専門分野を持ったゲイの男性5人組が自分に自信のない男性を改造する。リブート版では、ファブ5が訪れるのは保守的な南部の街だ。カルチャー担当のカラモは過去に別のリアリティー番組にはじめてゲイの黒人男性として出演、ファッション担当のタンはリアリティー番組に登場する初のイスラム教徒のゲイ男性だ。また、ヘアメイク担当のジョナサンは、高校でチアリーダーを務めた最初のゲイ男性である。ファブ5は凄まじい魅力と人間力を兼ね備えた人たちで、私はあっという間にノックアウトされた。

ファブ5に改造される男性たちも、ファブ5の情熱的で適切なアドバイスによって、自分の壁をどんどんと壊していく。自分に自信を持つこと、身だしなみを整えること、簡単でいいから料理をすること、生活の環境を整えること、幸せになるのを恐れないこと、ファブ5が繰り返し言うアドバイスはとてもシンプルで、とにかく雑に生きたいというのがモットーの私にとっても他人事じゃない。タンの「服に気をつかうのは女々しいからではなく、真剣に生きている証拠だ」という一言に胸を突かれた。

ファブ5と改造される側の関係が一方的ではないところもいい。改造される男性たちはファブ5に心を開き、変化することを恐れない。お互いを尊重し合う。いかにもマッチョな外見の男性が自分と向き合い涙を流す姿は感動的で、感極まったファブ5も泣き出す様子を見ていると、人が変わっていく姿はなんて美しいんだろう、と一緒に涙してしまう。

南部の街で育ったり、差別を経験したりしているファブ5に対して、差別する人ばかりではない、あなたたちを愛している、と改造される男性が言葉と態度で示す場面も胸を打つ。この番組は人の多面性を映し出す。トランプ支持者の白人警官コリーが見せる繊細さには、色眼鏡を外された気持ちになった。また、警官や消防士など、いわゆる「男の職場」にいる人々の「いたずら」がファブ5に向けられた時に、それがはっきりと不要なものとして浮き彫りになるのも印象的だった。『クィア・アイ』には愛がつまっている。男性性と女性性なんてはっきり分けられるものじゃない、それぞれ自分の好きなように生きていいんだよ、というまっすぐなメッセージがつまっている。ちなみに、調べたら人間のレベルとしては仙人のようなファブ5が全員私よりも年下だったことが判明し、本気でちゃんと生きようと心に誓った。

ちなみに、『Tidy Up with Konmari』は、2019年にNetflixバージョンがつくられた（邦題は『KONMARI～人生がときめく片づけの魔法～』）。ときめく服を残せと言われてピンと来ない顔で作業をしていたゲイの男性が、本の整理になった途端、大切な本を手に持って、ようやく意味がわかったとぱっと明るい顔になった瞬間は素晴らしかった。ときめく物は人それぞれ違う。家族で当番を決めず、一人で家事を抱え込んでいた女性に、家事の分担が偏っているような気がするんですが、と穏やかに指摘したこんまり。多くを語らず相手に気づかせる女こんまり。さらに好きになった。

そういえば、こんまりの番組で気になったのは、日本語字幕だ。こんまりはだいたい日本語で話すので、字幕がなくても私たちは理解できる。でもこんまりの発言で英語に通訳された部分だけが映像で使われる時は、ほかの英語話者と同じく日本語字幕が出る。すると、こんまりはですます調で話しているはずなのに、日本語の字幕の語尾が「〜だわ」「〜よ」になるのだ。翻訳する際の語尾や語調におけるジェンダーバイアスは、最近ではよく問題になるし、個人的にこれは仕方ないんじゃないだろうかと思うケースもあるけれど、本人が直前まで「〜です」と話しているのにもかかわらず、「〜だわ」とされるのは、思考停止しているような気もしてしまう。この番組と『クィア・アイ』でもそうだけど、ゲイの男性の語尾がちょくちょくいわゆる女言葉に翻訳されているのもおかしい。固定観念を振り払おうとしている番組で、字幕が固定観念から抜け出せていないのは、やっぱり残念だ。

私の「声」を取り戻せ

以前紹介した『アンダー・ザ・シャドウ』もそうだが最近とても刺激的なのは、社会的に周縁に置かれ、声を消されてきた人々の苦難を、ホラーとして描き出す作品が増えていて、それが一つ一つ本当に面白いことだ。

育児に押しつぶされそうなシングルマザーのもとに怪物が現れる『ババドック』は、社会的に駄目な母親が「怪物」であるならば、私は怪物を手なずけて生きてやる！ という宣言が胸に迫った。やつれた母親役をドラマ『ミス・フィッシャーの殺人ミステリー』のおしゃれで粋なミス・フィッシャーこと、エッシー・デイヴィスが演じていて、彼女の鬼気迫った叫び方が凄まじく、雄叫びだけで怪物に挑んだ女、という新たな称号が私の中で与えられた。

身元不明の女性の死体を解剖中に怪奇現象が起こりだす『ジェーン・ドウの解剖』では、〝異形〟として迫害されてきた存在の怒りと悲しみが解剖室に充満する。「ジェーン・ドウ」は身元がわからない際に死体に仮に与えられる名前だ。安っぽいシンパシーをはねのけ、こんなことで私の傷が癒えると思うなボケがと、始終静かにキレていた彼女のことが愛おしかった。

そして、２０１８年、『テルマ』という、「ジェーン・ドウ」のように、長い歴史の中で声を消されてきた「異形」の女性たちの魂を、自分らしく生きることで救済するイマドキな北欧映画が公開された。内省的な作品で、超能力モノといっても派手な演出は極力抑えられている。理由は、主人公のテルマが自らの内面世界に潜り、自分自身を発見することが何よりも重要なことだからだ。これまで「異形」の女性たちは燃やされる側だった。でも、テルマは自分の声を消させないために、父なるものを燃やす。邪悪なものとして封じ込められそうになった自分の力を、自らの意志で善きものに変え、現実を生きていく。過去の作品では、たとえ『キャリー』のように復讐を遂げたとしても、その後も当たり前のように日常を生きることができた女性の例を、私はあまり思いつかない。だからテルマの姿は、「異形」の女性たちが登場するホラー作品における一つの到達点であり、あまりにも眩しい。

Netflix配信の映画『消えた16㎜フィルム』はドキュメンタリーなのだけど、起こったことはどう考えてもホラーである。90年代、シンガポールで友人とZINEをつくっていた10代の女の子サンディは、仲間たちとロードムービーを自主制作する。撮り終えたフィルムは撮影担当のアメリカ人男性ジョージに持ち去られ、シンガポールの映画史に残るはずだった作品は日の目を見なかった。

数十年がたち、フィルムが見つかったことで、謎が明らかになっていく。若者の良き理解者のふりをしながら自分自身の夢の延命を図ることに必死で、内心は嫉妬に狂って邪魔をしようと虎視眈々と狙っている中年男性は、こういう奴いるわー、と辟易する苛立たしさだが、この作品が素晴らしいのは、それでも潰されることなく「情熱の結晶」を持ち続けた女の子三人の未来の姿が見られることだ。どれだけ摘もうとしても、出てくる芽は絶対に出てくる。

ジョージは持ち去ったフィルムを保管していたが、それも自己愛からくるものだろう。なぜならそれは自分の作品でもあり、むしろ彼にとっては自分だけの作品だったのかもしれない。だから、死ぬまで一度も返そうとしなかったのだ。彼のような人間は他人に批評されることを死ぬほど恐れているので、編集して世に出す勇気もなかったのだろう。最もぞっとしたのは、フィルムは大切に保管していたくせに、まるで彼女たちの声を消すみたいに、音声が入ったテープは捨ててしまっていたことだ。それでも、彼女たちの声は消されず、ドキュメンタリーとなって蘇った。フィルムに焼き付けられた当時のシンガポールの街並みと鮮やかな10代の思い出とともに。

そう、今、私が惹かれるのは、消されそうになった声を、それでも消されなかったというところまで描いている作品だ。

アンバー・フォーエバー

アンバー・ハードのことをはじめて知ったのは、２００９年公開の映画『ゾンビランド』だった。主人公が憧れているイケてる女の子という役なのだが、すぐにゾンビになってしまう。出演時間は10分もなかったはずだ。当時、この映画のドキュメンタリーを見ていたら、うろ覚えだけど、アンバーがトレーラーでゾンビメイクをされているところに、メインキャストのエマ・ストーンとアビゲイル・ブレスリンが顔を出して「わ〜、ゾンビメイク、すご〜い」とはしゃぐ場面があった。私はエマもアビゲイルも大好きだし、二人が純粋にすごい！　と思っているのもわかったけど、ゾンビメイクの女の子がちょっとかわいそうだなと感じた。メインキャストの二人はもちろんゾンビにはならないし、ゾンビメイクもしなくていいし、人によっては売れている二人に茶化されたと内心嫌な気持ちになってもおかしくない。心の中でどう思っていたかはわからないけど、その時、アンバーは泰然としてにこにこしていた。

それから彼女のことが気になりはじめ、同時に出演作を目にする機会も増えだしたのだけど、彼女はあの外見なので、「ザ・金髪美人」の役ばかりやっていた。『マンディ・レイン　血まみれ金髪女子高生』や『ザ・ウォード／監禁病棟』（大好き）などのホラー映画のヒロインとか、セクハラ訴訟を描いたシャーリーズ・セロン主演の『スタンドアップ』で教師にレイプされるシャーリーズの若い頃の役とか、暴力の被害者役のオンパレード（シャーリーズも初期はそういう作品が多かったような気がする）。そこに男たちを翻弄する「魔性の女」の要素も加わっていく。

好きな異性のタイプは、ともし問われたら、『クリミナル・マインド　ＦＢＩ行動分析課』に出てくる、ＩＱ１８７のドクター・スペンサー・リードだと即答する私だが、このご長寿ドラマのシーズン１に、まだ無名だったアンバーがゲスト出演している。ストーカーに狙われている、なんかすぐ水着になる若手女優の役で、アンバーのキャリアにおいて特に珍しい点もない。ただ、彼女の役は、いまだにこのドラマのファンに強烈な印象を残している。なぜなら、みんなのドクター・スペンサー・リードとのキスシーンがあったからだ。

スペンサーは恋愛下手な天才という設定なので、まずドラマに登場する彼のはじめてのキスシーンだったことと、さらに彼を演じるマシュー・グレイ・ギュブラーがほとんどなんのキャリアもないのにいきなりこの役を射止めてしまったシンデレラボーイであり、彼自身も仕事ではじめてするキスシーンだったということで、「ギュブラーのはじめてのスクリーンキス」なる項目が、ドラマの特典映像にあるぐらいだ。

この特典映像に撮影中のアンバーが出てくる。前述のとおり、私はリードを愛しているし、マシューのことも役と同じくらい好きだ。でもアンバーの気持ちを考えると、この時の彼はちょっとうざい。はじめてのキスシーンに超絶ナーバスになり、メイク中のアンバーに向かって、「仕事でキスするのはじめてなんだよね。君は慣れてるよね、ああ、どうしよう」と早口。撮影所で彼女とすれ違うと、「あの子なんだよ、恐いでしょ、強烈っていうか、美人でしょ？　うわ、これ彼女に聞こえたかな？」とカメラに向かってまた早口。そもそもアンバーを推薦したのがマシューだったらしく、「彼女とキスしたいから推薦したと思われてたらどうしよう」とまたまた早口。思ってねえよ、静かに仕事しろよ、という感じなのだが、それでもアンバーはこの時も、泰然としてにこにこしていた。ドラマの制作者は彼女のことを名前ではなく、「女の子」とだけ呼んでいた。そんな中で、自分の置かれた立場を受け入れ、あの落ち着いた態度で仕事をし続けてきて、女性のパートナーとの関係も超絶かっこよかったアンバーが後に「ジョニデ妻」になってしまったことがいまいち受け入れられなかった。しかも、ジョニデがアンバーにDVをしたという疑惑を聞き、なんだこの野郎、と怒りがわいた。

この件には、いろいろともやもやさせられた。まず、ヴァネッサ・パラディとの関係を解消してアンバーに突進して以来、ジョニーは若い女に走ったイタい人だという評価になり、半笑いで眺められていた印象があるのだが、いざアンバー側の告発を彼が否定すると、ジョニデの暴力はアンバーの嘘で、彼女が金目当ての悪い女だという結論にさくっと飛びつく人が思いのほか多くて驚いた。私が覚えている限りでも、アンバーと付き合っている間に、ジョニーは泥酔状態で授賞式のスピーチをしたりと、危うい側面を垣間見せていたと思うのだが。

さらに違和感を覚えたのは、ヴァネッサ・パラディとリリー・ローズ・デップの態度である。ヴァネッサは「一度もジョニーから暴力を受けたことはないし、14年間ともに過ごしてきた男性はそんな人ではない」と直筆の手紙を公開。ちなみにこの直筆の手紙が、そのへんにあった白い紙にぱっと書きました、みたいな全体的に簡素なムードが漂うものだったので、ちょっと面白かった。昔から思っていたが、直筆の手紙ってなんなのだろうか。日本でも、直筆の手紙やお礼状のほうが、心がこもっているという風潮があるし、芸能人でも何か報告する際にいまだに手書きで公開する人がいるけど、こんな字だったんだ、とか、シリアスな内容なのになぜ丸文字、とか、筆跡に気を取られて肝心の内容が頭に入ってこない時がある。

話が逸れたが、リリーは現代的にインスタグラムに小さな頃の自分とジョニーの写真をアップし、パパへのサポートを表明した。男性が女性に対して何か事件を起こした可能性がある際に、まわりの女性が「彼はそんな人じゃない」「私はそんなことされていない」と男性側をかばう発言をするのを、これまでも何度も目にしてきた。あり得ないほど軽い量刑に減刑され大論争になった、スタンフォード大学の花形水泳選手のレイプ事件でも、加害者のブロック・ターナーの過去のガールフレンドの、「彼はそんな人じゃない」「私はそんなことされていない」レターが公開されている。きっと彼女に対しては本当にそうだったんだろう。だけど、黙っているべきだと思う。だって、彼女がされていないからといって、その男性がほかの女性にも絶対していないとは言い切れないのだ。人は状況や相手に応じて変わるし、いくら以前の恋人だからといっても、この件においては当事者ではない。特にDVをする人は、許してくれそうな人を選ぶ、というのは有名な話だ。「私はそんなことされていない」は彼が無罪である証明にはならない。当事者以外は静かに見守るしかないのだ。

そして、毒にも薬にもならないのが、男友達の「あいつはいい奴」発言だ。今回も、ベニチオ・デル・トロがジョニーいい奴、アンバー悪い奴、と男の友情を炸裂させていた。

ようやくすべてが落ち着き、出演作『アクアマン』が公開された２０１８年末、ジョニデを告発し、離婚したことによって決まっていた仕事をいくつも失ったとアンバーは手記を書いている。

私はこれからも、泰然としてかっこいい、アンバーを見つめていきたい。

『ギルモア・ガールズ』というトラウマ

２０１６年、Netflixで配信が開始されてからというもの、私は『ギルモア・ガールズ』マラソンにいそしんだ。11月から同じくNetflixで配信される予定だったこのドラマの新シリーズに間に合わせたいという強い気持ちもあったのだが、何より面白くて仕方なかったのだ。しかも、マラソンというより短距離走ぐらいの勢いだったので、９月のはじめには見終わっていた。

２０００年から２００７年までの間に放送されていた当時は、まったく見たことがなく、今思えば、無念でならない。このドラマは、シングルマザーのローレライと娘のローリー、そしてローレライの母親エミリーというギルモア家の三世代の女たち（ギルモア・ガールズ）をめぐる物語だ。16歳でローリーを出産したローレライを優しく受け入れ、ともにローリーの成長を見守ってきた、スターズ・ホローという田舎町の人々も一風変わっていて、みんな大好きになってしまう。メリッサ・マッカーシーが演じた、ローレライの親友スーキーもハイテンションでかわいい。

とにかく感動したのは、勉強が得意で読書が好きなローリーを少しも否定せず、町全体で彼女を応援していたところだ。女の子が進学することを町ぐるみで喜ぶ、こんな楽園のようなドラマが十何年前にあったとは。ローリーのリュックはいつも本でぱんぱん、ダンスパーティーのためにドレスアップした時でさえ、バッグの中に本を入れてしまう。もごもごしたちょっとナードな話し方もべらぼうにキュートだ。彼女と自由で楽しい母ローレライの、早口のふざけあい合戦やいろんな種類のジャンクフードで彩られた日々の楽しさにすっかり夢中になった。

また、ローリーのライバルとして登場する同級生のパリスがとにかく強烈で、私は人生で彼女というキャラに出会えたことが、本当にうれしい。

周りに勝つことだけを目標に生きている女パリス。その彼女がローリーと仲良くなる中で、たまに素直な表情を見せた瞬間のギャップがたまらない。バングルスの再結成ライブを見て、「このバンド好き」とうっとりしているパリスなんて、かわいすぎて泣いた。

パリスが目指していた大学に落ち、この大事な時期に彼氏とセックスなんかしたからだと自己嫌悪に陥るシーンがあり、さすがにこういう罰を与えるような展開嫌だなと思っていたら、それから4年後、彼女は大学院に受かりまくる。この時の喜びのパリスは素晴らしく、この人だけはこれからも、パリス無双で生きていってほしいと心から思った。

ただ、イェール大学に入ってからのローリーの物語は若干胸が痛い。恋愛、成績、就活とあらゆる側面で心を折られまくる展開がつらすぎたからだ。お金持ちのドラ息子ローガンとの長々とした恋愛にもイライラしたし、こいつの父親のせいでローリーが一時休学してしまうのも許しがたい。女性たちの通過儀礼の物語であることはわかっているし、だからこそ母のローレライも、ローリーも自分が若い頃にしたように失敗も経験しないといけないと、助言しすぎないようにするわけだけど、あまりにも高校時代の彼女が幸せそうだったから、その落差が私の気持ち的には地獄で……。

優秀だと言われていても、大きな世界では特別なんかじゃないこと。結果的にうまくいかないとわかっている恋愛にはまってしまうこと。いつか立ち止まって、迷う日が来ること。人生は思い通りにはいかないこと。それを描こうとしているのはわかる。だけど、それは現実の私たちが誰よりも知っていることじゃないだろうか。もうそんなことは百も承知だし、ほかの作品でも嫌というほど見ることができるんだから、もっとローリーに優しくして！　もっとローリーを甘やかして！　だってスターズ・ホローのローリーなんだよ！　という私の心の叫び。

９年後の彼女たちを描く新作でも、全体的に同じ気持ちになった。ようやく別れたと思ったドラ息子との関係が再燃したのにも地団駄踏んだ（９年新作を待っていたわけじゃないので、あっという間に元サヤぐらいの感覚だった）。高校時代のボーイフレンド、ジェスのほうがいいだろ。今の彼にならローリーを任せられる（独立系出版社の人間としては、説明がつかないほど筋トレに励んでいたようだが）。

彼女たちが自分のペースで進んでいくところやぐだぐだしたスタンスが魅力なのだし、そういうまくいかない時期こそ、本当に自分に必要なことがわかる、というのも真実なのだが、それはわかったから、もうちょっとローリーに優しくしてほしかっ……た……。

でも、好きなエピソードも多く、登場人物にも愛着があるので、なんだかんだ言って見て良かったなと思っていたのだけど、その後、辛かった展開のみが頭の中にこびりつき、このドラマが自分の中でトラウマ化。何度も見直そうとするのだが、失恋や喧嘩など、もう高校時代からローリーが悲しい目に遭うエピソードをどんどん回避、高校卒業以降は恐ろしくて見られない、という状況が続いていた。

２０１８年の終わりに、これじゃ駄目だと心に鞭を打って、大学時代から全部見直した。そうしたら、私も初見時にくらったつらさから距離を取って鑑賞できるようになっており、このドラマをまるごと受け入れることがようやくできた。この作品が意図するところでは、これしかない最終回だったと納得もできた。トラウマのままにしなくて良かった（泣）。

その後、わだかまりがなくなったので、『ギルモア・ガールズ』をつくったエイミー・シャーマン＝パラディーノが次に手がけた『マーベラス・ミセス・メイゼル』に突入したのだが、これがもう傑作すぎて、驚いた。50年代のニューヨークで、当時はほとんど存在しなかった女性コメディアンをめざすメイゼルと、彼女の才能に惚れ込みマネージャーを買って出るスージーの奮闘ドラマだ。男性社会で虐げられる女性のあるあるに留まらない、この二人だからこそ生まれる強い展開が新鮮で、感動が止まらない。男性社会に反抗したくてそうなるのではなく、自分たちにとっての面白さを追求していくと自然にそうなる、というつくりに深く納得。

お嬢さん育ちのメイゼルと極貧のスージーは普段の生活ぶりに天と地の差があるが、メイゼルの物語の裏で、まったく違う輝きを放つスージーの物語がいちいち最高。ジェイン・ジェイコブズやレニー・ブルースなど、実在した人物の登場の仕方もいい。レニー・ブルースの役をやっているルーク・カービーがかっこよすぎて私はつらいです。メイゼルの家族模様といい、このドラマにまつわるすべてが素晴らしくて、今、一番続きを熱望している。

「何が悪い」という態度

いつだったか、出版関係のおじさん二人に、二段階でむかついた。そいつらが私の外見をああだこうだ言った後（一段階目）、「三十路過ぎてるけどね」などと朗らかに付け足している間に（二段階目）、私は心のシャッターをガラガラと閉め、「こいつ嫌いリスト」（ほとんどデスノート）にその二人の名前を速やかに追加した。

しかし、みなさんご存知のように、こういう人たちはとても多い。遭遇するたびに、どっと疲れるし、謎でならない。親しい仲でもない女性の外見や服装に対して好き勝手言う権利が自分にあると、失礼なことを言ってもこっちが怒らないと無邪気に信じきっているのはなぜだ。女性はいつも笑顔でいるもの、優しくあるものといまだに本気で思い込んでいるのはなぜだ。

いい加減にしてくれやと部屋に引きこもってみても、結局のところ、逃げられない。女性はこうあるべきとか、女性ってこうだよねとかいう、ステレオタイプな視点は、テレビやネットのニュース、広告などからも日々垂れ流されているからだ。こういうものに日常的に触れていると、つまらない気持ちでいっぱいになる。

映画やドラマ、本だって例外じゃない。記号的な女性が記号的な言動しかしない、その古くさい感覚に怖気を震ってしまうような作品が、今でも平気で生み出されている。でもそういう作品は窮屈だし辛気くさいし、何より面白くないからもういい加減見たくないな、と思っていた2014年に出会ったのが、レナ・ダナムの『GIRLS／ガールズ』だった。「女性を描く時には、実際の女性たちがそうであるように、複雑で面白いキャラクターにするようにしている」というノーラ・エフロンの言葉を何かで読んだことがあるのだが、『GIRLS』はまさにそういうドラマだった。

現在の私たちが生きているのは、かつてそうだったような浮ついた時代じゃない。なんでフリーターがこんないい部屋に、とか、そのお金はどこから、とツッコミたくなるような、お金のにおい、現実の香りがしない、「若者たちのリアル」なドラマにはもう違和感しかない。レナ・ダナムはそういう面にとても意識的だ。第1話のラストで、お金に困っているハンナは両親が置いていったホテルマン用のチップをねこばばするし、レナの監督デビュー作『タイニー・ファニチャー』の主人公は、ようやく見つかった仕事の給料明細を見て、その安さに落ち込む。逆に、『GIRLS』のシーズン3では、新しい仕事でこれまでにないような高給を得たハンナが、その帰り道、ウインドウに飾られているワンピースを衝動買いしてその場で着替え、うれしそうに歩いていくシーンがあるのだが、それもめちゃくちゃ気持ちがわかった。お金がないと悲しいし、お金があるとうれしい。とても単純な、それだけに描く価値がないと思われてきたようなことを、いや、これは描かないといけないことだと、レナ・ダナムはちゃんと切り取ってくれる。

主演も務める彼女はドラマの中でがんがん脱ぐのだが、その頓着ない脱ぎっぷりのよさは、ジヨークとしてもちゃんと成立するレベルだ。今までドラマや映画で女性のヌードシーンがあると、どこか男性目線を感じて気持ち悪かったり、気恥ずかしかったりで、見ていられない気持ちになることが多かった。裸になると「体当たり」だ、大人の女優に「脱皮」だと言う風潮も、本当に嫌いだった。レナ・ダナムには、「体当たり」なんて言葉は少しも似合わない。裸になることの何がそんなに特別なの？　とでもいうような彼女の態度に胸がすく。ハンナはブラジャーをつけていないし、下着のラインが透けるくらい衣装がぱつんぱつんでも、気にせずそのまま撮っているのもいい。モデル体形じゃなくても好きな服やビキニの水着を着て何が悪い、というレナの「声」が聞こえてくる。

レナ・ダナムの作品はどれも、今まで勝手に語られてきた女性という存在を、自分がちゃんと納得いくように描いてみせるという、彼女の気概が隅々に感じられる。彼女が描く女性たちは多面的だ。面倒臭いし、気まぐれだし、自己中心的。だから、先が読めない。登場する「ボーイズ」たちも、「ガールズ」たちと同じように一筋縄ではいかないところがいい。はじめはうっとうしいけど、回を追うごとに全員愛おしくなってくるから不思議だ。このドラマが、自分自身の言葉で語り、作品をつくる新たな女性たちの流れの起点の一つであったことは間違いがないと思う。

ただ、レナ自身の炎上した言動が私も引っかかっていたため、ラスト2シーズンは視聴を後回しにしてしまい、２０１９年になってからようやく見た。そうそう面白かったよねとすぐにその世界に戻れた一方、初期のような新鮮さを感じられなくなったのは、『GIRLS』以降に女性クリエイターによる多様な女性の姿を描く作品が次々と生み出され、我々の目が肥えたせいもあるはずだ。シーズン5の日本の描き方にはいろいろ疑問を覚えたし（東京のスーパー銭湯の場面で、エキストラの人たちの裸が映り込むのだが、そういえばかつて日本のドラマってこうだったなとフラッシュバックに襲われ、日本の表現規制が進んでいたことになぜか『GIRLS』を見て気づかされた）、セクハラ疑惑のある有名男性作家とハンナが対話する回も含む最終シーズンは、#MeToo以降に見てしまったこともあり、クリシェ以上のものを感じられなかった。でも、違うタイミングでなら、また違う角度で見ることができるかもしれない。世の中は移り変わっていくし、私の考えも変化する。そのことをしみじみ考えさせられた。

テイラー・スウィフトの帰還

２０１６年、テイラー・スウィフトは、米『フォーブス』誌の「今年最も稼いだミュージシャン」ランキングで第一位になった。約１９０億円を稼いだらしい。その時期の私の頭の中は、トム・ヒドルストンとはしゃいでいた頃のテイラーで止まっていたので、そういえばこの人はすごい人だったなとひさしぶりに思い出した。

あれは一体なんだったのだろう。遡ってみれば、あんなにもテイラーに夢中だった私なのに、ある頃から、彼女の曲は相変わらず聴きつつも（はじめて行ったニューヨークで、「Welcome To New York」を聴きながら毎日街を歩いていたというミーハーぶりだった）、私のテイラー自体への関心は大きく減退していた。カルヴィン・ハリスとの交際の、全体的にバランスの取れたそつのない感じが、見ていてすごく退屈だったからだ。私はアメリカの人たちの、サンクスギビングやクリスマスなど、行事をともに盛大に祝ってこそ家族であり、恋人であるという雰囲気が微妙に苦手なので、そういう際のテイラーとカルヴィンのシリアスな関係アピールにもまったく興味が持てなかった。インスタグラムにアップされた、一緒につくった雪だるまを囲んだ写真とか、南の島で水着姿の二人がベタなポーズでキスしている写真とか、心底どうでもよく、無の気持ちで眺めていた。私の愛する、ゴジラのように猪突猛進のテイラーはどこに行ったのか。

もちろん、同年2月のグラミー賞で年間最優秀アルバム賞を受賞した際、カニエ・ウエストを当てこすったスピーチをしたテイラーのギラギラした目を見て、この人やっぱ少しも変わってないなと大爆笑した、幸せな瞬間もあった。しかし、カルヴィンとの破局のニュースが流れても、へー、としか思わなくなっていたところに、あの、人々を震撼させた、トムヒとテイラーの海岸ロマンティックデート写真が登場したのである。あれは、すごかった。私の死にかけていた心が一気に息を吹き返した。破局報道後すぐのタイミングという節操のなさ、相手がトムヒという想定外の人選、なんのロマコメですかというデート写真のクオリティ、すべてが圧巻だった。テイラーの帰還！　と、思わずアイフォン片手にガッツポーズした。

問題はその後の独立記念日である。前述のとおり、ただでさえ、行事を盛大に祝う人たちを死んだ目で見つめる癖があるところに、テイラー軍団と一緒に海で遊んでいたトムヒが「I❤T.S.」のタンクトップを着ているのを見て、さすがにこれは一線を越えているだろうと、瞬く間に二人への興味を失った。トムヒ、ノリがいいにもほどがある。思えば、カルヴィンには分別があったたな、関係も一年以上続いたしな、案外真面目な人だったんだな、テイラーも幸せそうだったしな、推しが幸せなのが一番だよなと、今さらながら反省したりしていた。そこで私のテイラーへの思いは凪に突入した。

そのかわりに、セレーナ・ゴメスに思いを馳せることが多かった。新曲「Kill Em With Kindness（優しさで彼らを味方に）」を聴いては、活動を休止して休養しなければならないほど心身ともに不調なのに、この人はまだ優しさでヘイターたちに、汚い世界に対処しようとしている、もういいんだよ、嫌い返してもいいんだよ、と言ってあげたくなった。休止していたインスタグラムに復帰した際も、「優しさが常に勝つ」と彼女は書いた。それは本当にそうかもしれないけど、いったん君は優しさのことは忘れよう、みんな怒らないから、と逆に心配になった。それにしても、親友のテイラーは「New Romantics」という曲の中で、「おまえたちが投げつけてきたレンガでお城を建ててやる（意訳）」と歌っており、何かとおまえら皆殺しだ（Kill them all）のスタンスで臨んでいるところがあまりに対照的で、友情の不思議である。２０１８年に発売されたアリアナ・グランデの「thank u, next」もそうだが、セレーナやアリアナのように、優しさや許しや愛情によりどころを求めるタイプと、テイラーのように怒りに特化した方向に舵を切るタイプ（別にテイラーに愛情や優しさがないと言っているのではない）がいて面白い。「thank u, next」を聴くと、まだ20代なのにこんな境地に達してしまってこの人はこの先どうなるんだろうとアリアナのこれまで、そしてこれからの人生に思いを馳せてしまい、なぜか私が感極まって毎回泣く、という事態だ。テイラー・スウィフトのように元彼の悪口を歌いまくっているほうが、精神的にはいいのではないか。

ただ、その後、テイラーが「政治的発言」を解禁するまで、私が誰に落胆していたかといえば、当のテイラーである。大統領選を境に、同じ行為でも見え方がまったく違うようになった。トランプが勝利してしまった大統領選の前後で、ほかの女性アーティストたちが連帯し、必死に発言を続ける中、沈黙を決め込み、いまだにカニエ・ウエストへの恨みをほのめかしたような曲を発表している姿は、ずれているように見え、カッコ悪かった。いくら保守的なカントリーミュージック界の慣例がそうだといっても、彼女はその枠を飛び越えてもおかしくないくらいの存在だったのに。

しかし、2018年の中間選挙における彼女の宣言によって投票する若者たちが爆発的に増え、ついでに俺たちのお姫様だと勝手にテイラーを崇めていたオルト・ライト層の男たちを奈落の底に突き落とし、見事なちゃぶ台返しを決めた彼女はやっぱりテイラーでしかなかった。これこそが本当のテイラーの帰還だった。勝手にがっかりし、勝手に喜ぶ、面倒な私であることは承知しているが、それでもテイラー・スウィフトのことになると、ついつい熱くなってしまう。

どこまであなたは眩しくなるの

「ぼくはクィアだ」。２０１２年、『ＯＵＴ』誌のインタビューで当時19歳の若さでそう宣言したのを読んで以来、一瞬で私の心の殿堂入りを果たしたエズラ・ミラーでありますが、このところ、その尊さを日々更新し続けていて眩しすぎる。２０１８年のエズラはまじでやばかった！

『少年は残酷な弓を射る』で一躍注目されたエズラだが、私はリン・ラムジー監督が苦手なので、出ている人たちは良かったけれど、あまりいい印象がない。『ウォールフラワー』でやっとエズラという人に出会えたように思う。前述の「ぼくはクィアだ」という一言が掲載されたインタビューは、『ウォールフラワー』全米公開時のものだった。この作品で、ゲイであることに誇りを持つ高校生パトリックを演じたエズラにとって、この役はまさに自分自身の人生そのものだったらしい。

２０１８年、『プレイボーイ』誌のうさ耳をつけたファッション写真で我々に衝撃を与えたエズラ様ですが、そのインタビューでは、「何度もひどい嫌がらせを受けてきた。かなり若い頃からね。性的関係にあった相手から、とても暴力的なやり方で拒絶されたこともある。だから『ウォールフラワー』の物語は他人事じゃなかった」と話している。

映画の中で、パトリックと恋仲にあったフットボール部のブラッドは、自分のセクシュアリティが周囲にバレることを恐れ、パトリックを酷いやり方で拒絶する。主人公チャーリーは、傷ついたパトリックからのキスを受け入れ、慰める。この場面について、チャーリー役のローガン・ラーマンは、彼の世代の友人たちならチャーリーと同じようにしただろうと言い、「少しも不快なことじゃない。人々のありのままを受け入れるのは本能的なものだ」と語っていた。そして、マッチョを演じることから逃れられないブラッド役のジョニー・シモンズも、「自分らしく生きられないのがブラッドの悲劇だ。こんなの馬鹿げてるってこの映画で伝えたかった」と話していた。若い世代のスターたちが家父長制に倣わない価値観を持って、活動している姿が見られるのが今の時代の楽しみの一つというか、いいところだ。

セクシュアリティに対する偏見に苦しんだだけではなく、幼い頃に発話障害がありいじめられていたエズラは、歌うことでその障害を克服した。「偏見を持つ奴らから常に攻撃を受けてきた。セクシュアリティが影響したオーディションだってある。こういう経験をした人たち、すべてのジェンダーの、すべての立場の、すべての人の、あらゆる声を受け入れることが大切なんだ。みんな犠牲者だ。みんな生き抜いてきた」というエズラの言葉に、『プレイボーイ』誌のインタビュアーは思わず泣き出す。どうやって乗り越えてきたのかと聞かれたエズラは、「ぼくにはアートしかなかった。もしアートがなければ、死んでただろう。ずっと前に死んでた。自分でそうしてたかもね」と答えて相手をさらに泣かせる。セクシュアリティが問題になって得られなかった役もあるとエズラは言っているけど、パトリック役のように、このエズラだからこそ引き寄せた役もあるはずだ。そして、『ジャスティス・リーグ』のフラッシュ役に『ファンタスティック・ビースト』のクリーデンス役と、今のご活躍はどうよ（私がドヤ顔）。

メイクをバッチリ決め、ジェンダーレスなファッションに身を包むエズラ。スーパーマリオの性別のないキノコ族のコスプレでコミコンに登場するエズラ。『プレイボーイ』誌や『GQ』誌の撮影でセクシーの意味を塗り替えまくるエズラ。「魔法が使えたらどうする?」と『ファンタビ』の宣伝で聞かれ、「家父長制をぶっ潰す。あれがすべての元凶だ」と答えるエズラ。『ファンタビ』のプレミアでモンクレールの黒ロングコートに黒メイクを合わせ、思わず「暗黒婦人」と名付けたくなるほどの物語性をまとうエズラ。エズラは我々の希望であり、夢であり、虹であり、ユニコーンであり……、とエズラを讃えるポエムを延々と紡いでいきたくなる。

それは誰の「幸福」なのか②

２０１８年の年末、一年分の溜まりに溜まったストレスがマックス状態の時に、ジョージア（グルジア）の映画監督ナナ・エクフティミシュヴィリの『マイ・ハッピー・ファミリー』を見た。春頃に公開されていた彼女の『花咲くころ』がとてもよかったので、次作である『マイ・ハッピー・ファミリー』をNetflixで見つけた時は、これはここぞというタイミングで見なければと、マイリストに入れてずっと温めていた。

『花咲くころ』は、誘拐結婚などの古い慣習が残る社会を生き抜いていく新しい世代の少女たちが主人公だったけれど、『マイ・ハッピー・ファミリー』の主人公は52歳の高校教師マナナ。夫、マナナの両親、息子、娘、娘の夫と、忙しなくて騒がしい大家族の暮らしに心底疲れてしまった彼女が、家族や親戚の反対を押し切って、一人暮らしをはじめる物語だ。

何十年も家庭に縛り付けられてきたマナナの生活は、日本女性のそれと重なるところも多分にあり、わかる、マナナのことマジわかる、とむせび泣きたくなる人も多いはず。誕生日を迎えたマナナが祝いたくない、ワインも買わなくていいと言っているのに、夫は勝手に自分の職場の同僚たちを、母はマナナの兄を呼ぶ。そして、宴の間浮かない顔をして、ベランダで一人過ごしていた彼女の心境を夫と母は無視して、世間体ばかりを心配し、小言を言う。別居の意思を伝えられた彼らは、親や夫や子どもの気持ちは考えないのかとなじるが、誰もマナナの気持ちを考えてくれない。

だからこそ、丁寧に描かれていくマナナの一人暮らしが、どれだけ彼女にとって大切なことだったかに胸を打たれる。木々のざわめきを眺めながら、好きな音楽をかけ、ケーキと紅茶を楽しむ彼女。自分のためだけのワインを味わい、長らく置きっ放しになっていたギターの弦を替え、久しぶりにギターを弾きながら歌う彼女。仕事と家事に忙殺されていた頃はディルとフェンネルの見分けもつかなかったのに、時間に余裕ができた今は食材の買い物に行くのも楽しげになる。まさにヴァージニア・ウルフの『自分ひとりの部屋』というか、自分の時間を持つことの美しさが焼き付けられた作品で、なんかもう切なさと尊さで胸いっぱい。マナナが貫き通した思いによって、家族が変化していく様子もいい。

年末にもう一つ、いい気分で年越せそう〜!!!となったのはバレエ作品、アクラム・カーン版の『ジゼル』だ。古典版は村娘ジゼルと貴族の青年の悲恋ものだが、これを富裕層に搾取され続ける工場の移民たちの物語として改編。私は特に、第二幕に出てくる処女のまま死んだ精霊ウィリーとその女王ミルタが好きなのだが、彼女たちも、本作では女工の霊に。第一幕は地に足のついた労働者たちの力強い踊りが展開されるのだが、感動したのは、第二幕の死の世界を、ミルタたちがトウシューズでポワントすることで表していたことだ。それだけでこの世のものではない浮遊感が出る。バレエダンサーがトウシューズで踊ることにすっかり慣れきっていたけれど、それはそもそもこういう別世界への入り口へと誘《いざな》う行為なのだと再確認することができた。

そしてこの作品のミルタたちの素晴らしさよ。最強のレディース集団である。私もこのレディースに入りたい。ミルタには、『女神の見えざる手』のジェシカ・チャスティンみがあった。ジゼルと恋人の切ないパ・ド・ドゥを目にして少しはほだされたのかなと思ったら、まったくほだされていなかったミルタ様を愛す。男たちを許さない彼女たちの姿に、ジゼルが救済を感じられたらよかったのに。愛と怒りの拮抗状態を保ったまま消えていくジゼルとミルタの姿に、一人の女性の中にはジゼルとミルタの両方がいるのではないかと思った。『ジゼル』はこの二人の物語だったんだな。

描かれなかったその先で、ジゼルがミルタたちの存在に癒やされていけばいいと切に願う。これからは、ミルタ様の「殺《や》っちまいな！」を思い出しつつ、生きていきます！

魂のダンスを踊りたい

時々、魂のダンスシーンが隠れている映画に出会う。ミュージカル映画や、『Shall we ダンス?』や『世界にひとつのプレイブック』のように、ダンスをすることがはじめからわかっている映画ではなくて、それは唐突に出現する。プロムやダンスパーティーとか、何かのタイミングでカジュアルに踊るわけではなく、突然、ある登場人物がありったけの感情を突っ込んだ、全身全霊のダンスを目の前で繰り広げるのだ。

そういう映画を、あ、これは魂のダンスだ、魂のダンス映画と呼ぼう、と最初に思ったのは、『籠の中の乙女』だ。『女王陛下のお気に入り』や『ロブスター』を監督したギリシャ出身のヨルゴス・ランティモスの長編デビュー作で、カンヌ映画祭の「ある視点」部門を受賞したほか、アカデミー賞の外国語映画賞にもノミネートされた。えぐい家族映画である。破滅的にめちゃくちゃな教育を両親に施され、長男長女次女は家の中の世界しか知らずに育つ。でも、長女だけは、外から持ち込まれたあるメディアを鑑賞することで、外の世界の手触りを知ってしまう。

そして、彼女の魂のダンスが生まれる。捻じ曲げられ、制限された知識の限り、未知の世界に必死に手を伸ばさんとする、世界で最も情熱的で、滑稽で、切ないダンスだ。たった一人、家族たちが信じるものとは違うものを求めはじめた彼女は、その違うものがなんなのかもわからないまま踊り狂う。彼女の目に焼き付いたあるメディアの中である人がそうしていた通りに。

また、自分の中で育てることができなかった感情を、そのメディアの言葉を使って手繰り寄せる場面も真に迫る。無表情でも、ちゃんと彼女の気持ちにぴったりな言葉を選んでいる、その痛み。

『花咲くころ』は、『マイ・ハッピー・ファミリー』を監督したナナ・エクフティミシュヴィリ作品で、古い世界を生きる新しい心を持った女の子たちの物語だ。1992年、14歳の少女、エカとナティアが世界と対峙していく姿を描いている。ショッキングな場面は最小限にとどめ、あくまで日常の中に暴力や理不尽さ、不穏さが共存していることを穏やかに提示していて、監督の視線は主人公のエカの視線に似ているのではないかと思う。とにかくエカのまなざしが強い。映画の間ずっと、社会や大人たちを許していないことを、納得していないことを、彼女の目が語り続ける。

その強い目を持ったエカは、誘拐結婚をさせられるはめになったナティアの結婚式で、淡々と、だけど静かなる闘志をみなぎらせながら、踊る。彼女の踊るダンスは、伝統的には男性が踊るはずのものだ。結婚を喜ぶ人たちの中で、波風は立てないが、彼女は男性用のダンスを踊るというかたちで、伝統に、現状に反抗してみせる。

最近見つけた魂のダンス映画は、フランスのノエミ・ルヴォウスキー監督の『マチルド、翼を広げ』だ。情緒不安定な母と暮らす9歳の少女マチルドは、母のことを深く愛しているが、母の症状が悪化をたどることで、マチルドが守ろうとした二人だけの生活は終わりを迎えてしまう。

成長したマチルドと母は、精神病院の庭で、雨の中、踊る。真剣に。急に踊り出した母にマチルドは少しも臆することがない。別れ別れにならずにこうやってずっと二人で暮らせたらよかったのに、でも今だってこうやって一緒に踊り続けられる、という母娘の気持ちがビシバシと伝わってくる、同じ強度で共鳴できる者同士が織りなす悲しみと喜びのダンスだ。この映画は、母と娘の個性が対等で、お互いが負けておらず、だからただ悲しい物語にならない。マチルドが成長して体が大きくなることで、その事実がよりはっきりと見えるようになる。どんな状況でも、二人には生命の力がある、決してこの世界に屈しない生命力が。だから今、渾身の力で踊れるのだ。

そうやって私の前に現れるその魂のダンスに、私は毎度、胸をつかれる。そして、このダンスが踊れる自分でいたいと思うのだ。

初出 「ELLE JAPON」 2014年12月号～2019年5月号
（2015年3、7、9月号、2016年7月号は除く）
単行本化にあたり大幅な加筆修正を行いました。

装画　©Daisy Patton
UNTITLED（FAMILY PORTRAIT ON ROCKS）
from “Forgetting is so long” / 120″ × 90″
装幀　新潮社装幀室

Let Us Run Free As Wild Horses
Aoko Matsuda

じゃじゃ馬《うま》にさせといて

著 者
松田青子《まつだあおこ》
発 行
2019 年 6 月 25 日

発行者 佐藤隆信
発行所 株式会社新潮社
〒162-8711 東京都新宿区矢来町71
電話 編集部03-3266-5411
読者係03-3266-5111
https://www.shinchosha.co.jp

印刷所
株式会社光邦
製本所
大口製本印刷株式会社

乱丁・落丁本は、ご面倒ですが小社読者係宛お送り下さい。
送料小社負担にてお取替えいたします。
価格はカバーに表示してあります。
©Aoko Matsuda 2019, Printed in Japan
ISBN978-4-10-350012-4 C0095

ロマンティックあげない　松田青子

パスタセットにバゲットは必要?　フィギュアスケートの実況がヘン。どうしてハートをあげるのは女の子だけ?　日常の小さな違和感をプチプチ退治する爽快エッセイ。

思わず考えちゃう　ヨシタケシンスケ

「仕事のピンチを乗り切るには?」「明日、すごいやる気を出す方法」……。クスッとしてホッとしてちょっとイラッとする、人気絵本作家のスケッチ解説エッセイ集!

太陽と乙女　森見登美彦

デビューから14年の全エッセイ90篇を収録!　影響を受けた作品から、京都や奈良のお気に入り、創作裏話まで。眠る前のお供にも最適な、決定版エッセイ集。

れもん、よむもん!　はるな檸檬

ほんとうのことが知りたくて、本にすがったあの頃。生きることは、読むことだった——。本好き共感度１００％!　新感覚な自伝的コミックエッセイ。読書は希望だ。

ひみつの王国　評伝　石井桃子　尾崎真理子

私のなかには、今でも5歳の時の自分が棲んでるの——。創造力、組織力。卓抜した才能のすべてを、子どもの本に捧げた１０１年の生涯。児童文学の巨星の初の評伝!

60歳を過ぎると、人生はどんどんおもしろくなります。　若宮正子

世界的大企業、アップルのクックＣＥＯも勇気づけられたと大絶賛!　60代を迎えてパソコンを、80歳を超えてプログラミングを始めた著者のアクティブ人生論。

パラダイスィー8　雪舟えま

失恋をしてボロボロの人がもらえる公的給付金って⁉　ほんの少し不思議な世界に暮らす心優しき人々を描く、軽やかで幸福に満ちた新感覚SF短篇集。

BUTTER　柚木麻子

結婚詐欺の末、男性三人を殺したとされる容疑者・梶井真奈子。週刊誌記者の里佳は、彼女への取材を試みるが――濃密な物語がすべてを搦め捕る、圧倒的長編。

マリコ、うまくいくよ　益田ミリ

頑張れば、むくわれる？　働くって、なんなんだろう？　社会人2年目、12年目、20年目。同じ職場で働く3人のマリコ。読めばじわりと勇気が湧く、お仕事漫画。

D菩薩峠漫研夏合宿　藤野千夜

「男子が男子を好きになるのは、おかしなことですか？」15歳のわたしは漫研の合宿で、おにいさまからのメモを見つけて……。切なさに胸熱くなる自伝的小説。

ウチらは悪くないのです。　阿川せんり

大学デビューとは無縁で、気ままに暮らすあさくら。しかし、初めての彼氏ができてしまい――。型破りな女子大生二人組が札幌の街を駆け巡る、爆笑のアンチ青春小説。

わたし、定時で帰ります。　朱野帰子

絶対に残業せず、定時に仕事を終えるのがモットーの結衣の前に、部下を潰すことで有名な超ブラック上司が現れて――。新時代を告げるお仕事小説、ここに誕生！

リバース&リバース　奥田亜希子

ティーン誌の編集部で働く禄と、地方に暮らす中学生の郁美。出会うはずのない二人の人生が交差する時、明かされる意外な真実とは……。静かな感動が胸を打つ長編。

工場　小山田浩子

何を作っているのかわからない巨大工場。敷地には謎の動物たちが——。働くこと生きることの不条理を、奇妙な想像力で乗り越える三篇。〈新潮新人賞、織田作之助賞受賞〉

地球星人　村田沙耶香

なにがあってもいきのびること。恋人と誓った魔法少女は、世界=人間工場と対峙する。でも、私はいつまで生き延びればいいのだろう——。衝撃の芥川賞受賞第一作。

徴産制　田中兆子

悪性ウィルスにより10～20代女性の85%が喪われた日本。女性への性転換を義務化し出産を促す【徴産制】に従事した男たちが見つけた「生きる意味」とは？

公園へ行かないか？　火曜日に　柴崎友香

世界各国から集まった作家たちと、英語で議論をし、小説を読み、街を歩き、大統領選挙を間近で体験した著者が、全身で感じた現在のアメリカを描く連作小説集。

人ノ町　詠坂雄二

ここにはかつて、「世界」があった。そして今、遺された町を訪ね歩く旅人が一人。彼女は、そこで不可思議な出来事と遭い、やがて世の真実と直面することとなる。